共和国故事

改革脚印

——中国有计划商品经济体制逐步建立

王治国 编写

吉林出版集团股份有限公司

图书在版编目（CIP）数据

改革脚印：中国有计划商品经济体制逐步建立/王治国编. —长春：吉林出版集团股份有限公司，2009.12

（共和国故事）

ISBN 978-7-5463-1901-8

Ⅰ．①改… Ⅱ．①王… Ⅲ．①纪实文学–中国–当代 Ⅳ．①I25

中国版本图书馆 CIP 数据核字（2009）第 237682 号

改革脚印——中国有计划商品经济体制逐步建立
GAIGE JIAOYIN　ZHONGGUO YOU JIHUA SHANGPIN JINGJI TIZHI ZHUBU JIANLI

编写　王治国	
责任编辑　祖航　李娇	
出版发行　吉林出版集团股份有限公司	
印刷　三河市嵩川印刷有限公司	
版次　2010年1月第1版	2022年1月第9次印刷
开本　710mm×1000mm　1/16	印张　8　字数　69千
书号　ISBN 978-7-5463-1901-8	定价　29.80元
社址　吉林省长春市福祉大路5788号	
电话　0431-81629968	
电子邮箱　tuzi8818@126.com	
版权所有　翻印必究	
如有印装质量问题，请寄本社退换	

前　　言

自 1949 年 10 月 1 日中华人民共和国成立至今，新中国已走过了 60 年的风雨历程。历史是一面镜子，我们可以从多视角、多侧面对其进行解读。然而有一点是可以肯定的，那就是，半个多世纪以来，在中国共产党的领导下，中国的政治、经济、军事、外交、文化、教育、科技、社会、民生等领域，都发生了深刻的变化，中国人民站起来了，中华民族已屹立于世界民族之林。

60 年是短暂的，但这 60 年带给中国的却是极不平凡的。60 年的神州大地经历了沧桑巨变。从开国大典到 60 年国庆盛典，从经济战线上的三大战役到经济总量居世界第三位，从对农业、手工业、资本主义工商业的三大改造到社会主义市场经济体制的基本确立，从宜将剩勇追穷寇到建立了强大的国防军，从废除一切不平等条约到独立自主的和平外交政策，从"双百"方针到体制改革后的文化事业欣欣向荣，从扫除文盲到实施科教兴国战略建设新型国家，从翻身解放到实现小康社会，凡此种种，中国人民在每个领域无不留下发展的足迹，写就不朽的诗篇。

60 年的时间在历史的长河中可谓沧海一粟。其间究竟发生了些什么，怎样发生的，过程怎样，结果如何，却非人人都清楚知道的。对此，亲身经历者或可鲜活如昨，但对后来者来说却可能只是一个概念，对某段历史的记忆影像或不存在，或是模糊的。基于此，为了让年轻人，特别是青少年永远铭记共和国这段不朽的历史，我们推出了这套《共和国故事》。

《共和国故事》虽为故事，但却与戏说无关，我们不过是想借助通俗、富于感染力的文字记录这段历史。在丛书的谋篇布局上，我们尽量选取各个时代具有代表性或深具普遍意义的若干事件加以叙述，使其能反映共和国发展的全景和脉络。为了使题目的设置不至于因大而空，我们着眼于每一重大历史事件的缘起、过程、结局、时间、地点、人物等，抓住点滴和些许小事，力求通透。

历史是复杂的，事态的发展因素也是多方面的。由于叙述者的视角、文化构成不同，对事件的认知或有不足，但这不会影响我们对整个历史事件的判断和思考，至于它能否清晰地表达出我们编辑这套书的本意，那只能交给读者去评判了。

这套丛书可谓是一部书写红色记忆的读物，它对于了解共和国的历史、中国共产党的英明领导和中国人民的伟大实践都是不可或缺的。同时，这套丛书又是一套普及性读物，既针对重点阅读人群，也适宜在全民中推广。相信它必将在我国开展的全民阅读活动中发挥大的作用，成为装备中小学图书馆、农家书屋、社区书屋、机关及企事业单位职工图书室、连队图书室等的重点选择对象。

编　者
2010年1月

目录

一、伟大探索
经济学家讨论商品经济问题/002
蒋一苇提出经济改革观点/007
国务院开展经济调查工作/012
邓力群出版商品经济著作/015
三省开经济体制改革先河/020
国务院体改办正式成立/027

二、正式确立
加快经济体制改革进程/034
起草经济改革纲领性文件/040
商品经济被写入纲领性文件/047
邓小平精辟阐释商品经济/052

三、积极实践
工业部门改革经济体制/060
中央鼓励企业体制改革/066
城乡企业改革显示活力/071
推动商品经济向纵深发展/079
个体户在商品市场上致富/083

目录

南方小镇弄潮商品经济/090

四、完善体制

组织召开商品经济研讨会/098

"七五"计划促进商品经济发展/101

推动建立商品经济基本框架/106

举行市场经济双月研讨会/110

全国掀起发展商品经济热潮/114

一、伟大探索

- 广东经济学家卓炯在论文中说:"当前要改革经济管理体制,其关键就是要破除产品经济,发展商品经济。"

- 于祖尧说:"社会主义经济本质上就依然是市场经济,是有计划的市场经济。"

- 蒋一苇指出:"我国现行的经济体制,存在着许多不能适应国民经济高速度发展的情况,已经到了非从根本上改革不可的时候了。"

经济学家讨论商品经济问题

1979年4月,关于社会主义经济中价值规律问题的讨论会在无锡召开。

这次会议是由中国社会科学院经济研究所、国家计委经济研究所和江苏省哲学社会科学研究所联合发起,由薛暮桥、孙冶方主持的,参加会议的达300多人。

会议着重讨论了改革经济管理体制中运用价值规律的一系列问题,主要有:价值规律与扩大企业权限问题、计划调节与市场调节问题、价格形成与稳定物价问题等。这次讨论会在全国产生了相当大的影响。

有的学者在向会议提交的论文中,论述了市场经济问题。广东经济学家卓炯在论文《破除产品经济,发展商品经济》中,提出了市场导向的改革思路。文章说:

> 当前要改革经济管理体制,其关键就是要破除产品经济,发展商品经济,充分发挥价值规律的作用。

卓炯讲的商品经济就是市场经济,他是把商品经济与市场经济并列使用的。他说:

> 一直到现在，对于计划经济和商品经济或市场经济还存在不少混乱思想，还没有摆脱斯大林的影响。

中国社会科学院经济研究所经济研究室副主任于祖尧提交的论文题目为《试论社会主义市场经济》，他认为市场经济就是发达的商品经济。于祖尧说：

> 社会主义经济本质上就依然是市场经济，是有计划的市场经济。在这里价值规律对生产和交换的调节作用，是通过计划实现的。计划调节和市场调节互相渗透，互相补充，相辅相成。

社科院副院长邓力群在《财贸战线》杂志上发表文章，也主张现阶段的社会主义是商品经济，但这些见解没有被采纳。

其实，在此之前，中国已经有经济学者为改革而进行坚持和抗争。

20世纪50年代中期，经济研究所（现属中国社会科学院）研究员顾准即提出：社会主义经济存在的问题是废除了市场制度。他被称为"中国经济学发展史中提出市场取向改革的第一人"。

"千规律，万规律，价值规律第一条"，1964年，孙冶方依然如是坚持。

孙冶方大声呼吁：一个国家，如果不顾经济价值规律只谈意识形态，将会导致崩溃性的灾难。1963年年底，孙冶方发表关于利润问题的演说。有人劝他说："风声很紧，还是不要再讲利润问题。"他回答："什么是风声，我又不是研究气象学的。""千规律，万规律，价值规律第一条。"

1983年，孙冶方逝世。他被学术界视为最值得敬重的经济学家之一，其原因不仅在于他的理论体系，更在于他的正直、执着和坚毅。

"老一辈的经济学家以自己的生命在敲开改革开放的经济大门。"孙冶方经济科学基金会副秘书长冒天启，在《中国企业家》杂志主办的"改革开放三十年颁奖盛典"上如是感慨。

1978年以后，马洪、蒋一苇成为以国有企业改革为重点的微观改革的倡导者。

20世纪80年代初期，改革派的主要代表人物薛暮桥、杜润生、廖季立、刘明夫等经济学家和经济工作领导人，形成了以建立"社会主义商品经济"为核心的整套观点和政策主张。

薛暮桥，1904年10月25日出生于江苏省无锡县。1926年投身铁路工人运动，1927年3月加入中国共产党。"四一二"反革命政变后被捕入狱。

1931年后，薛暮桥开始从事中国农村经济调查，

1934年任宣传抗日救亡著名刊物《中国农村》主编。1938年参加新四军，任新四军教导总队训练处副处长等职。在行军途中写下了《中国革命问题》和《政治经济学》等著作。这两本书在革命者中广为流传，刘少奇指定《政治经济学》为干部读物和学校教科书。

1943年，薛暮桥先后任中共山东分局政策研究室主任、省工商局局长、省政府秘书长兼实业厅厅长。通过发行根据地货币，排挤伪币，成功领导了对敌货币斗争和贸易斗争。1947年，他任中央华北财经办事处副主任兼秘书长，1948年任中央财经部秘书长，协助周恩来领导经济工作，支援解放战争，统一财经工作，奠定新中国经济的基础。

新中国成立后，薛暮桥先后担任政务院财经委员会秘书长、国家计委副主任、国家统计局局长、国家经委副主任、中央财经领导小组成员、全国物价委员会主任、国务院体改办顾问、国务院经济研究中心总干事、国务院价格研究中心总干事等职，是中国科学院原哲学社会科学学部委员，第一、第二、第三届全国人大代表，第六届人大常委，第五届全国政协委员，中共第八、第十二次全国代表大会代表。

1978年，在五届全国人大期间，薛暮桥开完会回家坐在椅子上，叹息说："国民经济已经到了崩溃的边缘，国家计委领导向人大做的报告，还陷在分钱分物的数字中，不思改革……"薛暮桥上书中央，痛陈20多年来经济工作中的错误。

1980年，薛暮桥主持起草《关于经济体制改革的初步意见》，被称为我国市场取向改革第一个纲领性文件。

1978年9月，中国社会科学院经济研究所副所长董辅礽提出了有关经济体制改革的"两个分离"，即改革国家所有制，实现政企分离；改革人民公社所有制，实现政社分离。1980年，董辅礽提出取消指令性计划，反对计划调节与市场调节相结合的提法。1985年，他又以八宝饭为喻，指出"非公有制经济是社会主义经济不可分割的有机组成部分"。

董辅礽还被称为"中国民营经济的辩护者和代言人"。1986年，"温州模式"备受责难之时，董辅礽与赵人伟等人赴温州考察后，发表了《温州农村商品经济考察与中国农村现代化道路探索》一文，为"温州模式"辩护。为了解决民营企业的融资难题，他曾是风险投资、创业板、民营银行的积极倡导者，同时为"私产入宪"付出了巨大的心血。

改革开放之初，北京大学经济管理系教授厉以宁就提出用股份制改造中国经济的构想，强调经济运行主体和微观基础方面的改革，即"企业改革主体论"。这一构想包括用股份制改造国有企业、集体企业、乡镇企业，以及其他所有权不明晰的企业。此后，在中国，"厉股份"成为厉以宁的代称。

蒋一苇提出经济改革观点

1979年8月14日,蒋一苇在《人民日报》发表题为《经济体制改革的一个根本问题》的重要文章。

蒋一苇,经济学家,福建福州人。1948年加入中国共产党。曾任重庆《科学生活》《徨》杂志主编,中共重庆市委《挺进报》编辑。

新中国成立后,历任科学技术出版社社长、总编辑,第一机械工业部政策研究室副主任,中国社会科学院工业经济研究所副所长、所长、顾问、研究员,中国社会科学院研究生院教授,国务院学位委员会第一、第二届学科评议组成员,中国人民大学、清华大学经济管理学院兼职教授。

蒋一苇在这篇文章中指出:

我国现行的经济体制,存在着许多不能适应国民经济高速度发展的情况,已经到了非从根本上改革不可的时候了。但是改革涉及的问题面极广,而且一环套一环,牵一发则动全身。最基本的环节应当抓什么呢?我认为应当从确定社会主义企业的性质入手,以此为基准,进而研究整个国民经济的组织与管理,这样,才能由此及彼，顺理成章，使经济体制的改革有一个牢靠的基础和依据。

文章实事求是地指出：

社会主义制度是新生的社会制度，它消灭私有制，消灭剥削，使社会生产有可能实行统一计划、统一管理，以克服资本主义社会生产无政府状态，这是社会主义制度的极大的优越性。但是，社会主义的统一经济，是否就意味着应当取消企业的独立性，而把整个国民经济变成一个庞大无比的经济整体，把整个国家变成一个大"企业"呢？显然，这只能是一种"乌托邦"式的幻想，而我们现行的经济体制，事实上正是按照这种"乌托邦"式的幻想而行事的。

蒋一苇认为，我们现行的经济体制，形式上也以企业作为社会生产的基本单位，但是企业缺乏独立性，特别是全民所有制的企业，生产资料归全民所有，被认为是国家企业，因此一切都要由国家决定。这个"大企业"由全国许多万个全民所有制企业所构成，国务院就像是工厂的厂部，计划委员会就像是计划科，经济委员会是生产科，基建委员会是基建科，物资总局是供应科，劳动总局是劳动工资科，各业务主管部类似以产品为对象的车间。

蒋一苇指出，当然，形成这种体制是有其历史原因的。但是总结实践经验，必须承认，在社会分工与商品生产的客观条件下，社会主义经济必然还要以具有独立性的现代企业作为基本经济单位而组成。

文章最后指出：

> 总之，社会主义的经济体制，要以企业为基本单位来建设，必须适应企业作为具有独立经济利益、能自我运动、自我发展的经济体的客观要求，把发挥企业的能动作用作为体制建设的根本出发点。
>
> 本着以上原则，应当先把社会主义企业的性质、它对国家的义务与权利等，通过立法肯定下来，然后研究有关计划、财政、物资等等的管理体制，并在实践中不断改进与完善，逐步形成一套适合我国国情的社会主义经济体制。

蒋一苇的观点可以说代表了多数人的观点。当时，还有人认为，改革经济体制，工业企业需要有点儿"孙悟空"精神，敢于冲破一些束缚生产力的老框框，争一点儿自主权，这种思想在当时无疑是十分有益的。

上海市食品工业公司在安排当年的糖果生产时，摆脱了"工不经商"的"紧箍咒","一个筋斗"翻到6个省,主动承揽了1万吨糖果的来料加工任务,又开设了6个门市部,结果使当年的生产任务由"吃不饱"变为"吃不了"。

上海市食品工业公司的糖果生产计划主要由商业部门的收购计划所决定,这是沿袭了多年的做法。收购单位一说积压了,工厂就得减产;一说脱销了,就又得加班。工厂想多生产一些,既没有原料,也没有销售渠道。

上海市食品工业公司领导切身感受到这种不合理的管理体制的弊病,下决心要冲破老框框,摆脱"紧箍咒"。于是,他们做了四件事:

第一件,开设门市部,自销新产品和收购计划以外的产品,直接了解市场动向,听取消费者意见。

食品工业公司开设自销门市部,不能在银行立户头,贷款也没有着落。他们就大力宣传设立门市部的意义,争取到银行同意增加公司采购原料的贷款,作为门市部的流动资金;商业部门也同意补足自销产品的原料。门市部年初开张以来,发挥了很大作用。

第二件,主动去外省承揽来料加工任务,根据各地需要特制各种花色糖果。

上海糖果生产在完成商业和外贸收购任务前提下,同6个省的五六十个单位签订了总共加工1万吨糖果的合同。加工的产品有名牌货,也有上海独创的特色糖果。上海各糖果厂的生产任务很快吃足了。

第三件，帮助来料加工的兄弟省、市商业部门开设销售上海食品的门市部或展销柜。这些门市部或展销柜负责介绍或销售上海为他们加工的糖果，以调剂当地糖果的花色品种。兰州、杭州、嘉兴、庐山、扬州和南通市的上海食品门市部或展销店已经开张；积极筹备开张的有萍乡、九江、南京、常州等地的门市部或展销柜。

第四件，在制定新产品的销售价格上争得一定的发言权。

上海市食品工业公司这个"孙悟空"，"筋斗"没有翻出社会主义计划经济这个"如来佛"的掌心，自产自销是在完成商业计划收购任务的前提下进行的，补充了商业收购的不足。

历年夏天都是糖果销售淡季，食品工业公司采取措施以后，市场一反往常，淡季不淡，各种解渴、开胃、清凉、爽口、去暑的夏令糖果的新品种有四五十种之多。当年第二季度糖果的零售额比1979年同期增长18%。

国务院开展经济调查工作

1979年9月3日，国务院财政经济委员会组织和领导的大规模的关于经济问题的调查研究工作，开始逐步展开。

对经济问题开展大规模调查研究，是为了搞好国民经济调整工作及全面实现经济改革而采取的一个重大步骤。在此之前，国务院财经委员会召集党中央和国务院有关财经部门的负责人和经济理论界的人员开会。

李先念、薄一波、姚依林到会。李先念做重要讲话。他指出：

没有调查就没有发言权，没有调查研究就不能作出正确的决策。对于这次大规模的、有组织、有计划、有重点的调查研究，党中央和国务院寄予很大的希望。请各个部门、各个地方都重视起来，大力支持。做理论工作的同志，做实际工作的同志，要密切配合，认真把这项工作抓好。特别是做实际工作的各经济部门的领导同志，要切实负起责任来。下决心抓它几个月，抓它一年、两年，一定能够抓出成绩来。

这次调查研究，是落实党的十一届三中全会和五届人大二次会议精神的一项重大措施。它要同三年调整计划的制订和贯彻结合起来，同第六个五年计划的制订结合起来，为三年调整和第六个五年计划服务，为社会主义现代化建设服务。

它的直接目的，是通过做实际工作的同志和理论工作者的紧密结合和共同努力，全面地、深入地摸清我国经济情况，整理系统的材料，提出意见，为有关部门对一些重大问题进行决策提供参考。

这项工作，在财经委员会直接领导下，分四个小组进行。经济体制改革研究小组，首先将从企业入手，摸清企业内部以及外部生产、交换、分配、消费各个环节及其联系的情况，进而研究什么样的企业管理体制妨碍生产的发展，什么样的企业管理体制促进生产的发展，并且围绕企业管理体制问题，调查研究计划体制、物资体制、商业体制、物价体制、劳动工资体制等问题。

经济结构研究小组，重点是研究农轻重的比例关系问题。重工业要为农业、轻工业服务。要协调重工业内部的比例关系，使之适应于国民经济各部门发展的需要。要调查研究积累和消费的比例关系，以及产业结构、技术结构、经济组织结构、所有制结构、产品结构、就业结构、投资结构、地区结构和城乡结构等方面的问题。

技术引进研究小组，将研究如何更有成效地利用外资、引进外国技术、设备和经营管理经验。重点是研究如何通过引进和学习外国先进经验,来改造我国的现有企业,提高现有企业的生产水平、技术水平和管理水平,使它一步步地现代化。这个组已经设立联络中心,具体拟定了调查研究的范围和题目。

经济理论与方法问题研究小组,准备着重研究社会主义经济目标理论,就是说,要从最终产品出发来计划和安排整个社会的生产,并以是否做到在可能的范围内最大限度地增产最终产品作为衡量整个社会经济工作成绩好坏的根本标准。

与此相关,这个组还将研究社会主义计划理论、市场理论、生产调节理论、社会主义制度下劳动就业与人口理论,以及经济学研究、经济工作中方法方面的一些问题。该小组还准备开办经济学讲座,首先是讲解国外经济学的一些问题,并进行课堂提问和讨论。参加调查研究的同志和其他做经济工作的同志都可以自愿参加。

除了这四个小组外,工、交、财、贸、农、林、水利等各部,也相应成立调查研究组,由各有关部的负责同志亲自参加和领导,针对本部门存在问题进行调查研究。

当时,各组将派人分赴部分省、市,在当地党委领导下,进行有重点的调查研究。一些省、市的领导机关和有关部门,对这项工作很重视,不仅给予热情的支持,并且根据本地区或本部门的实际情况,开展经济问题的调查研究工作。

邓力群出版商品经济著作

1979年10月,邓力群著《商品经济的规律和计划》一书,由人民出版社出版,一时引发了各界的讨论。

邓力群,湖南省桂东县人。1935年参加革命。1936年加入中国共产主义青年团,同年由团转入中国共产党。土地革命战争时期,曾参加"一二·九"运动,任北平学生联合会执行委员,中华民族解放先锋队总队部代理组织部部长。

抗日战争时期,任延安马列学院教育处处长、中共中央政治研究室组长。

解放战争时期,邓力群历任中共吉北地委宣传部部长,榆树县委副书记,中共中央东北局巡视员,东北财委办公室副主任,中共辽宁省委政研室主任。

新中国成立后,邓力群历任中共中央新疆分局常务委员、秘书长、宣传部部长,中共中央办公厅第一办公室、中共中央书记处办公室组长,《红旗》杂志社副总编辑,国务院政研室负责人、国务院财贸小组副组长,中国社会科学院副院长,中共中央办公厅副主任兼中共中央书记处研究室主任,中共中央宣传部部长、中共中央书记处书记等职。

早在1978年,邓力群就和几个同志写了一篇文章,论述了我国现阶段发展商品生产的重大意义。

1979年10月出版的《商品经济的规律和计划》，主要围绕以下三个问题展开论述：第一，生产资料究竟是不是商品？是纳入商品流通好，还是继续实行调拨制度好？第二，价值规律究竟是在什么范围内起作用？第三，经济计划同价值规律究竟是什么关系？

究竟应该怎样认识社会主义商品经济的规律和计划问题呢？作者认为：

> 整个生产领域，都应该进行商品生产。这就是说，不仅集体生产单位进行商品生产，国营生产单位也进行商品生产；不仅农业、轻工业应该进行商品生产，重工业也应该进行商品生产。消费资料是商品，生产资料也是商品。因此，价值规律不仅在流通领域，而且在整个生产领域都起调节作用。我们的计划工作，应该适应价值规律的要求，以价值规律的要求为依据。

这一段论述，是作者关于社会主义商品经济的规律和计划问题的基本看法和主要观点。

商品经济问题，是我国社会主义建设中的一个核心问题，它对社会主义经济活动的各个方面都发生重大的影响。如果整个生产领域都是商品生产，价值规律在流通领域和生产领域都起到调节作用,我国现行的经济体制、经济结构、经济政策和计划工作等,就必然要实行全面的根本的改革。

在当时社会条件下,价值规律在流通领域和生产领域都起调节作用,究竟会不会产生资本主义和资产阶级呢?这个问题弄不清楚,在实际工作中,就不可能放手大胆地发展生产。

在书中,作者充分肯定了斯大林对这个问题的贡献。斯大林在《苏联社会主义经济问题》中指出,那种认为商品生产不论在什么条件下都要引导到而且一定会引导到资本主义的说法,是不对的。社会主义的商品生产,是不会导致资本主义的。但是,斯大林认为,生产资料不是商品,价值规律只在流通领域起调节作用,在生产领域不起调节作用。斯大林还认为计划同价值规律是互相矛盾的。

作者提出,应该根据实际情况和实际经验,重新研究和重新考虑斯大林的这些观点。他认为,社会主义同资本主义是两种不同性质的社会。在资本主义社会,价值规律的作用之所以必然导致"大鱼吃小鱼",因为在这里是以私有制为基础,以私人劳动为基础的。而在社会主义条件下,价值规律的作用可以不导致阶级分化,因为这里是公有制,劳动者在国营企业和集体企业中从事的劳动是公共的劳动,个人劳动是得到国家宪法允许的,其不可缺少的前提是不剥削他人。

价值规律在资本主义社会里的调节作用是通过市场自发地实现的，在社会主义条件下，由于基本生产资料为公共所有，就有更加有利的条件，自觉地使价值规律和计划结合起来，调节生产和流通，从而就能够避免资本主义的那些弊病。作者同时也指出，发展商品生产，通过市场自发调节，弄得不好，也可能出问题，所以要采取正确的政策和切实的措施。

作者认为，从当时我国生产力和生产关系的现状来说，我们应当老老实实地承认，我们还没有条件把全社会的生产无所不包地、准确地纳入计划。

作者进一步写道：

在我们的经济中，计划调节和市场调节，并不是互相排斥、互相隔绝的，而是互相补充、互相促进的。当然，计划调节和市场调节也不是平列、不分主次。由计划调节的部分，在整个商品经济中间，占着决定的、主导的地位。由市场调节的部分，作为计划部分的补充，居于次要的地位。

作者认为，过去我们讲分权集权、"块块""条条"的问题，始终没有越出中央和地方权力的转移和分配的范围，往往是在中央和地方对企业的隶属关系上兜圈子，体制改来改去，没有多少效果。现在来看，经济改革中的一个重要环节，就是要保证企业的自主权和物质利益。要搞好生产，企业是基础。经济体制的改革，应从企业体制的改革入手。在这方面，作者也提出了新的见解。

作者在本书中概述了马克思主义经典作家关于商品生产、价值规律和计划问题的基本理论，并力求运用马克思主义的基本经济理论，结合我国的实际情况，比较系统地阐述了社会主义商品生产、价值规律的客观性和必要性，对一些讨论多年的、大家非常关心的重大经济理论问题，明确地提出了自己的看法。

10月15日，《人民日报》发表《评〈商品经济的规律和计划〉》一文。

文章指出：这本著作，对于我们贯彻执行党中央指示的精神，进一步研究并正确认识社会主义商品生产的规律和计划问题，无疑是会有帮助的。

三省开经济体制改革先河

1980年年初,中国经济改革的实践,正在成功的尝试中起步,它预示着社会主义现代化建设将获得适合自身发展的经济形式而磅礴向前。

自党的十一届三中全会确定了改革经济管理体制的方针以来,一年多的时间里,为了探索改革的道路,经济理论研究空前活跃,各种观点、见解接连提出,并在不断深化。不仅如此,一批立志改革的实践家,已经积极地行动起来,扩大企业自主权的试点,正在许多省市相继进行。

1979年10月至12月,经济考察小组到四川、安徽、浙江三省对扩大企业自主权的试点情况进行了初步考察。在这个过程中,考察小组看到,尽管当时试点的范围还不是宽广的,对旧体制的变更也远不是彻底的,但仍然收到了显著的效果。

1979年四川省试点企业实现的利润总额比1978年有大幅度增长,而且普遍地高于一般非试点的企业。企业通过扩大自主权为国家多提供了积累,为社会多创造了财富,但是,试点的意义绝非仅限于此。

四川省扩大企业自主权的试点,是1978年10月开始的。党的十一届三中全会以后,试点单位由6个扩大到

100 个，1980 年已达到 300 个。

安徽、浙江两省的试点于 1979 年第四季度开始，安徽省有 80 个，浙江省有 74 个。

过去，企业生产什么，生产多少，怎样生产，完全按照国家下达的计划，自己一点儿机动的余地都没有。试点企业可以在国家计划之外，自行安排一部分产品的生产。在生产全部是为完成国家计划的情况下，计划任务小于生产能力，多余的生产能力就闲置在那里，不能发挥作用。计划规定的产品不符合社会需要，其价值不能实现，企业也要照样生产。试点以后，这种状况开始改变了。

四川都江木工机械厂是一个生产各种锯机、刨床、铣床等机械的企业，产品质量较好，国内外评价都不错。1978 年，国家较大幅度地缩小了下达给这个企业的生产计划。这个厂在计划任务不饱满的情况下，为扩大生产采取了不少办法。

他们印制了精致的产品样本，分寄到全国各地，并且派出 4 个小组，分别由厂的负责人带队，到各省市进行用户调访。结果，用户纷纷上门，订货大量增加，在 1979 年全年的产量中，由企业自己安排的占了很大部分，生产能力得到了充分发挥。

川棉一厂，以前各类织物生产多少，完全依据国家计划。有的品种市场销售量少而形成积压，有的品种市场需要量大却又因生产得少而经常脱销。试点后，他们在按国家计划生产之外,又根据对市场情况的调查研究,增加了几个新的品种,从而使调整后的产品结构比较能够适合市场的需要。按过去的老程序,都是先搞产品设计再进行生产,然后定出价格。

他们对于因质量规格不同而价格不等的涤卡销售情况进行研究比较,了解到每尺 1 元 5 角以内的涤卡最受群众欢迎。因此,决定生产一种售价为 1 元 4 角 9 分的涤卡,并且根据这个价格进行设计。由于比较适合于大多数消费者的支付能力,并且考虑到消费者的心理因素,这种涤卡非常畅销。

可以看出,试点给直接生产过程带来了一个具有重要意义的变化。尽管生产什么、生产多少和怎样生产主要还是由国家控制的,但是企业已经部分地能够控制,在直接生产过程中开始能够发挥一些支配的作用了。

再看流通过程。过去,企业所需要的设备、原材料、燃料动力都是由国家统一供应的,企业生产的产品也都是由国家统一收购和销售的。作为企业,国家供应什么就只能要什么,供应多少就要多少,按什么价格供应就是什么价格。

这种带强制性的做法也同样表现在销售方面,一切都没有机动的余地。进行试点的企业,无论在供应还是销售方面,都比较灵活一点儿了。

重庆中南橡胶厂 1979 年实现的利润为计划的两倍,而当年本来是相当困难的一年。国家调拨给这个厂的橡胶减少了，但是试点给他们提供了搞活物资供应渠道的可能性。

他们派人到云南、广西等地，与有关部门签订合同，建立联系，解决了全年百分之三十的原料来源。钢材多年来一直是国家控制的物资，由国家统一收购、统一分配。重庆钢铁厂自试点后，突破了这个框框。1979年总产量50万吨，其中近30万吨由本厂自行销售。

这些自销的钢材，在价格上是浮动的，由于不通过物资部门，减少了中间环节上的管理费用，价格一般略低于国家定价。当然，试点企业距离供和销都通过企业相互之间的经济合同来进行的那种关系还很远，但总是在朝这个方向前进的。

在分配方面，原来企业的收入都交给国家，企业所需要的费用都从国家财政里支出，不仅再生产的费用由国家统一拨给，工资和奖金也是国家统管的。

改革后，在企业的收入中，除用于职工个人消费部分外，纯收入是在国家和企业之间按一定比例分配的，这就是利润分成。

在正常情况下，利润是经济效果的综合表现，一个企业在生产过程中产量高低、质量优劣、消耗多少，在流通过程中资金周转的快慢，都会从利润率上表现出来。在分成比例既定的条件下，利润总量越大，企业留下的也就越多了。企业为赢得较多的利润，必然会提高产量、改进质量、降低消耗、加速周转，这样，企业的经营就有了内在的动力,这种动力是独立经济利益的产物。

当然,体制改革还刚刚开始,但是有了一批试点的企业,一定范围和一定程度的竞争也就同时开始了。

四川宁江机床厂是一个生产仪表机床的企业,产品的质量较好,价格较低。但是1979年国家压缩了下达的生产计划,企业的生产任务严重不足。然而,宁江厂的同志认为,这些年来机床生产量虽然很大,像他们生产的这类中小型精密机床,特别是质优价低的,还是供不应求,弊病在于现行的产品计划调拨体制。

为了充分发挥生产能力,增加盈利,他们在1979年6月25日的《人民日报》上登出了"承接国内外用户直接订货"的广告。这么一来,订户盈门,销路大开,相继签订国内外合同1000多台。

尤其值得一提的是,在宁江厂生产高涨的同时,国内生产同类产品的4家企业受到了巨大压力。宁江厂生产的7毫米的自动车床具有高生产率、高精度和加工稳定、操作简便的特点,每台出厂价9500元。上海、辽宁、杭州、西安等地生产的同类自动车床,为了争取订户,不得不降价,甚至考虑关停并转。

1979年10月,四川省在温江地区举行的机电产品订货会议,曾被形容为四川的小"广交会"。在这个生产资料的市场上,各家产品都摆出来,任用户去评判、选择。愿买愿卖即可成交,没有任何经济外的强制。有的产品或因质量不高,或由于价格不合理,没人愿买,只能把价格调低，其结果自然形成了价格的浮动，这种浮动是不可能人为地去阻止的。

会上展出的玻璃纤维，泸州和自贡产的每吨5800元，而重庆产的只要3800元。人们都争着买重庆的，迫使前两家也把价格降到3800元。尽管价格持平了，但因为质量比不上，还是无人光顾，到底连一个合同也没订成，据说这两家派来参加订货会的人员都急哭了。有的企业因为自己产品质次价高，不敢拿出来较量，悄悄退出会议，连夜回厂研究如何提高质量、降低成本。

企业干部对试点坚定不移，而长期从事经济部门工作的干部中，也有一批思想解放、目光敏锐的改革家。

安徽省经委一位副主任，当时已年近七旬。他说自己从新中国成立就在工交战线，30年的路是怎么走过来的，眼见得一清二楚，而且现在越加看出这里面的症结，沿袭旧的从苏联搬来的模式，封闭在自然经济的圈子里，是没有出路的。

当考察小组问如果展开竞争，安徽的产品不能与上海相抗衡怎么办？他朗声答道："这有什么关系，市场是广阔的嘛！"

他举例说：比如半导体收音机，你上海的高档货可以在城市畅销，我安徽产的却有价格低、经济实惠的长处，能占领农村市场。况且，即便是同类产品竞争败了，也不就是坏事，非如此没有拼命向上的压力。商品经济能促进生产迅速发展，原因正在这里。对竞争忧心忡忡是不必要的，越争只会越兴旺。

各级领导干部对改革试点的态度又是怎样的？通过调查，考察小组也获得了具体而鲜明的印象。

四川省委一位主要领导到四川省工作后，深入试点的企业，一个个地听取汇报、了解情况，一起就改革问题交换了意见。他认为，现行的体制确实弊病甚多，不改不行。四川的做法正是想通过试点，在这方面走出一条路子来。

安徽省一位主要领导人，谈到改革也饶有兴味。当介绍了那位敢于站出"组阁"的书记的意见后，他十分重视，当场表示可以同意试点。不久，合肥无线电一厂的试点正式开始了。

经济改革的伟大实践，在我国社会主义建设舞台上即将演出威武雄壮的一幕，它的开场锣鼓已敲响了。

不难看到，试点为有的人松开了束缚多年的绳索，为之开拓了施展才能、实现抱负的新天地。试点也把一些人的思想和行为甩出原先的轨道，迫使他们思考新的问题，追寻历史的宏伟步伐。

中国的经济体制改革已经开始了。这是一条开创我们现代化未来的艰辛而又壮丽的道路，无论在理论还是实践方面，要做的事情都很多很多。

国务院体改办正式成立

1980年5月,被称为改革开放重要参谋的国务院经济体制改革办公室成立。

体改办的主要职责是:

(一)根据国务院的统一部署,组织有关部门和研究机构对重大经济体制改革和对外开放的方案进行研究和论证,为国务院决策提供建议和咨询。

(二)根据国务院领导同志授权,办理有关专项改革开放方案实施中的衔接工作,跟踪调查改革开放方案的执行情况,及时提出对策建议。

(三)调查研究改革开放重大方针、政策的实施情况,及时总结经验,分析研究新情况、新问题。对关系重大的深层次和全局性问题进行超前研究。

(四)调查研究经济特区和开放地区建设发展中涉及全局性的政策性问题,总结经验,研究涉外经济体制改革中的重大问题。

体改办成立后，中央加快了经济体制改革的步伐。

对于在改革中遇到的困难，6月10日的《人民日报》发表题为《关于经济体制改革的一些意见》的文章。作者在文章中指出：

我认为原因有三：一是许多同志思想认识跟不上，习惯于用旧经验来看待新问题，为此必须广泛进行理论上的研究和宣传；二是少数单位的试点同现行整个管理体制互相矛盾，所以阻力很大，我们必须逐步扩大突破口，而不能从突破口退回来；三是许多改革各搞各的，互不衔接，为此要做体制改革的全面规划，做好各种改革的协调工作。

作者接着指出：

经济管理体制实际上是社会主义公有制的具体化，它牵涉到一系列的理论问题和实际问题，现在世界上还没有一个国家把这个问题弄清楚，我们也是这样。所以我今天只是提出问题，还拿不出解决这些问题的具体方案。

文章说，国民经济是一个整体，各种改革必然互相交错，有可能这一种改革妨碍那一种改革。比如，分配方面的改革是解决上下之间的关系，是纵向的改革。流通方面的改革是解决产需之间的关系，是横向的改革。纵横双方如何交织起来，这个问题过去没有好好研究，因此有可能互相矛盾。

作者认为，有必要建立一个体制改革的综合研究机关，合理解决各方面的矛盾。今后的体制改革，我认为把经济搞活，从改革流通制度着手，似乎比从改革分配制度着手更为重要，但这反而被大家忽视了。

改革流通制度，办法是增加流通渠道，减少流通环节，使产需双方有可能直接见面。在国家计划的指导下，要有一点儿竞争，非此不能打破国营工业、国营商业的官僚主义作风。

作者最后指出：

> 体制改革不但要打破块块的束缚，也要打破条条的束缚。过去争来争去，总是以条条为主，还是以块块为主来管理经济，离开了行政管理就没有别的办法。要想出一条新的路子来，按照适合于社会化大生产客观经济规律的办法来改组我们的经济结构和经济体制。这是一个难题，请大家都来动脑筋想一想。

在中央的鼓励下，很多企业改变了思想，取得了丰硕的成果。

7月31日,在广东省召开的工交部门增产节约、增收节支工作会议上,中共广东省委充分肯定了清远县经济体制改革的经验,决定在各县推广,以便使全省的经济工作进一步活跃起来。

会后,中共广东省委第一书记习仲勋、省委秘书长杨应彬,同省人民政府经济部门负责人一起来到清远县。他们看到这个县的工厂一派兴旺景象,形势使人振奋。

有的工人说,清远县的经济改革是工业部门30年来最得人心的政策。

习仲勋说:"清远经验给我们的启示,就是要继续解放思想,继续肃清极'左'路线的流毒,依靠党的政策,把经济搞活。"

清远县从1978年10月开始进行经济体制改革,主要办了两件事:一是全县17个国营工厂普遍由过去的财政统收统支办法改为实行超计划利润提成奖;二是改革机构重叠、多头领导的工业管理体制,撤销各工业局,由县经济委员会直接管理国营工厂,县经委由行政机构变成企业性质的经济机构,把全县国营工业企业的产、供、销、人、财、物都管起来。

改革后21个月来的经济效果十分显著。同样是这些工厂,改革前的21个月平均每月实现利润9600元,而改革后的21个月平均每月实现的利润增加到35.72万元,增长了36倍。1979年全年,这些企业共实现利润425万元,除还清技术措施贷款34.3万元外,国家(包括省、地、县）得利 241 万元（其中上交国库 73.5 万元），占利润总额的 61.7%；企业得利 78.1 万元，占利润总额的 20%；职工得到超计划利润奖金 71.6 万元，占利润总额的 18.3%。

从利润总额分配的比例可以看出，国家得利最多，地方、企业、职工都从经济体制改革中得到了好处。企业分到的钱，大部分用于扩大再生产和盖职工宿舍。例如，县糖厂增添了一台造纸机；电瓷厂新建了一座隧道窑，生产出口的釉面瓷砖；印刷厂新建了彩印车间。

清远经验实际上是通过扩大企业自主权，进一步处理好国家、企业和职工三者关系的经验。企业完成任务后超计划的盈利，国家不全部拿走，给企业和直接生产者留下一点儿实实在在的好处，使企业和职工都能从切身利益上更加关心生产的发展。这样就调动了县、企业和职工的积极性，企业经营亏损、管理落后的局面迅速得到改变。

最早实行超计划利润提成奖的清远氮肥厂，变化就非常明显。这个厂从建厂以来年年亏损，亏损额累计达 700 多万元，年年靠地方财政补贴。自从实行超计划利润提成奖以来，月月都是盈利。

在 1979 年，这个厂不仅不要国家按规定给他们 106 万元的亏损补贴，还盈利 27 万元。1980 年上半年合成氨的成本，从 1979 年每吨 180 元下降到 108 元，下降了 40% 多，成为全县的"大盈利户"。

在工交部门增产节约、增收节支工作会议前，广东省已有14个县（市）在全部国营工厂中推广，有50个县（市）在部分企业推广。全省2010家地方国营工厂中，学习清远经验的有近千家。这些工厂收到的经济效果也很明显。清远县所在的韶关地区，1979年1月至8月全区地方工业亏损367万元，9月至12月推广清远经验后，很快扭亏为盈，实现了利润46万元。

1980年9月8日，薛暮桥为体改办起草了《关于经济体制改革的初步意见》一文，该文论述了中国社会主义经济的性质只能是生产资料公有制占优势、多种经济成分并存的商品经济。这个"初步意见"成为中国市场取向改革的一个纲领性草案。

二、正式确立

- 姚依林说:"今明两年我国在试点的基础上,将加快经济管理体制改革的进程。"

- 罗章龙委员说:"我是研究经济学的。中共中央对改革经济体制所采取的一些重大措施我完全拥护。"

- 邓小平说:"十二届三中全会最理想的是搞个改革的文件,搞个对全党起到巨大鼓舞作用的文件。"

加快经济体制改革进程

1980年8月31日,五届人大第三次会议在北京召开。全国经济界负责人齐聚一堂,讨论经济改革问题。

在会上,时任国务院副总理姚依林做报告,姚依林说:

今明两年我国在试点的基础上,将加快经济管理体制改革的进程。

姚依林谈到国家已经和将要采取的一些经济改革的措施有:

在国营工业中全面推行扩大企业自主权。要使企业在国家计划指导下,在人财物、产供销等方面拥有比现在更大一些的自主权。企业在保证完成国家规定的供货任务的条件下,可以根据市场需要,安排生产计划,或承担协作任务。

除国家按计划供应的物资以外,企业可以根据择优的原则,购买所需要的物资。企业之间签订的合同和协议，应当受到国家法律的保护。现行的各项规章制度，同扩大企业自主权是不相适应的，要进行改革。各企业、事业单位要普遍成立职工代表大会或职工代表会议。职工代表大会或职工代表会议有权对本单位的重大问题进行讨论，作出决定，有权向上级建议罢免本单位的不称职的行政领导人员，并且可以逐步选举适当范围的领导人员。

姚依林指出：按照平等、互利、兼顾各方面经济利益的原则，积极组织各种形式的经济联合。联合不要受行业、地区、所有制和隶属关系的限制，但不能随意改变联合各方的所有制、隶属关系和财务关系。联合体内的各企业，应当实行独立核算，不能吃"大锅饭"。联合体超计划生产的产品，可以自销。联合体应当由有关方面的代表组成联合委员会，作为最高权力机构。

打破地区封锁和部门分割，在国家计划指导下广泛地开展竞争，广开商品流通渠道。在竞争中，要提倡社会主义协作精神，开展技术交流，对重要的新技术要制定有偿转让的办法。

银行实行独立经营。银行要有步骤地扩大自主权，根据国家规定的信贷政策、贷款总额和使用方向，决定发放贷款，并对贷款的使用进行监督。

逐步改革税制。要根据这次人大会议通过的法律，开征中外合资企业的所得税和个人所得税，搞好涉外征税工作。在机械、农机行业中试行增值税，解决某些工业产品的重复征税问题。还要修订城镇集体所有制企业的所得税法，适当调整它们的税收负担，以利于集体经济的发展。

实行国家计划指导下的市场调节。国家计划要搞好综合平衡。指令性的、必须执行的指标将逐步减少，指导性的和预测性的指标将逐步增加。生产资料除了一部分重要的和短缺的物资实行计划分配和由物资部门优先订购以外，其他都可以进入市场，自由流通。消费品除统购统销、统购统配的商品外，要改包销为计划收购、订购和选购。

继续改革外贸管理体制。各地区、各部门的外贸经营权要进一步扩大，从1981年起试行贸易外汇内部结算价格，加强经济核算。有的大企业和联合体，经过批准，1982年可以开始试行直接经营对外贸易。加强经济立法和经济司法工作。要加强经济仲裁，建议建立和充实经济法庭。

在9月1日的会议上，财政部部长王丙乾做报告。他在报告中提出：

> 财政制度的改革，从1978年就开始了。但这些改革还是初步的，今后几年还要继续进行改革，并且把财政制度改革同经济体制改革协调起来。今明两年要着重抓好关于财政体制、关于企业财务制度和关于税收制度三个方面的

改革。

王丙乾在谈到关于财政体制的改革时说：

从今年开始，对广东和福建两省实行了定额包干的特殊体制，对其他省、市、自治区试行"划分收支、分级包干"的体制，即由过去所说的"吃大锅饭"改为"分灶吃饭"。地方多收了可以多支，少收了就要少支，自行安排资金平衡。对新疆、宁夏、内蒙古、西藏、广西5个民族自治区和云南、贵州、青海3个省，原有的特殊照顾仍予保留，中央补助的数额，每年递增10%。1981年要在试行上述新体制的基础上，总结经验，加以改进。

在谈到关于企业财务制度的改革时，他说：

国营企业的利润留成制度，1981年将全面推广。国家拨给国营企业的流动资金，从今年下半年开始，由国家财政征收流动资金占用费；国营企业的固定资金，从1981年起，由国家财政试行征收固定资金占用费，以促进国家资产的合理使用。对基本建设投资，除行政事业单位和少数项目外，从1981年起，全面推行由财政拨款改为银行贷款的制度。根据联合企业的发展情况及其经营特点，还要研究制定联合企业的财务制度。

王丙乾接着谈到了关于税收制度的改革问题。他指出，这些改革特别是税收制度的改革，关系到收入分配和经济的各个方面，政策性强，涉及面广，需要进行周密的调查研究，需要经过试验，需要同整个经济体制的改革相配合和协调。我们要本着积极而又稳妥的精神，抓紧这些改革，适应经济发展的需要。

9月10日，经济学教授罗章龙委员说要成立经济体制改革的顾问班子。罗章龙委员说：

我是研究经济学的。中共中央对改革经济体制所采取的一些重大措施我完全拥护。有的人怕乱，怕引起更大的麻烦，甚至担心"资本主义复辟""修正主义抬头"，这些都是庸人自扰。我们是社会主义国家，有马列主义、毛泽东思想做指导，生产资料是公有制，主要经济命脉掌握在国家手里，不会出现担心的那些问题。

他指出：

我们处在承前启后、继往开来的重要历史时期。如何改革经济管理体制，关系四化建设的成败，关系国家的前途和命运，必须积极稳妥地进行。现代经济学有许多新的发展，如"计量经济学""经济预测"（包括长期的、短期的），做好这方面的工作，可以使领导心中有数，便于分析研究，综合平衡。

罗章龙认为，要搞好经济体制的改革，中央和地方要有"顾问班子"，以备咨询；要大力培养经济管理干部和各方面的建设人才；要普及经济管理知识和大力开展宣传；还要有选择地学习和引进国外的先进科学技术。我国在历史上有些领域是领先的，现在落后了，"礼失而求诸野"就是这个道理。我们有许多优势，尤其是人力资源，可以多发展密集劳动的行业，发挥优势，扬长避短，我们"四化"建设的步子一定是很快的。

起草经济改革纲领性文件

1981年,河北大学经济系副主任杨启先就任体改办规划局局长,他当时的提法十分谨慎,只能说我国"存在商品货币关系,或者说充分发挥商品货币关系的作用"。

到了这一年年底,"商品经济"仍是一个禁忌的话题。客观上的情况就是,"农村实行家庭联产承包责任制后,不能冲击国家计划,农民只能在国家计划的范围内活动"。

原国家体改委副主任高尚全后来回忆说:

> 那个阶段,理论界也受到了极左思想的干扰。

1982年推出了《经济体制改革的总体规划》,提出了"生产资料公有制存在商品生产和商品交换的计划经济"观点。

1983年推出了《关于当前经济体制改革的几点意见》,提出了"以计划经济为主、市场调节为辅"的观点。

但是在1982年、1983年,媒体对商品经济提出了很多批评意见。主张"商品经济论"的经济学家薛暮桥还被批评为"有知识分子的劣根性"。

在受到批判之后，薛暮桥最终作出了让步，提出"社会主义经济最重要的特征不是商品经济，而是建立在生产资料公有制基础上、存在着商品生产和商品交换的计划经济"。

1982年和1983年对商品经济的批评有一个大的背景，这就是清除"精神污染"。

1983年在清除"精神污染"运动时，商品经济就被当成了精神污染之一。

1984年，党的十二届三中全会即将召开。在讨论会议究竟研究什么问题时，邓小平说："十二届三中全会最理想的是搞个改革的文件，搞个对全党起到巨大鼓舞作用的文件。"

杨启先后来回忆说：

> 商品经济论在当时理论界已屡有提及，但中央文件尚未写入，时任中共中央总书记的胡耀邦遂向中央建议，要专门搞一个关于经济体制改革的决定。

这个决定从1984年6月开始起草，杨启先被调入到起草小组。

根据邓小平的意见，中央成立了以胡耀邦、胡乔木、姚依林、田纪云等人组成的文件起草领导小组，先后找有关部门、省市的领导开座谈会。

起草小组先写提纲，但讨论了多次也跳不出"计划经济为主，市场调节为辅"的路数。这时，有人提出要在商品经济问题上有突破。尽管如此，但起草小组内部仍没形成统一意见。

1984年7月，马洪也指出，承认社会主义经济的商品性，是实行对内搞活、对外开放的理论依据。但是这些见解当时也未立刻被大部分人接受，因而也没有纳入中央决策。

高尚全、杨启先等都竭力主张把理论界讨论商品经济的成果变成中央的共识，写进中央的最后决定。

从改革试点的实践经验来看，什么时候比较注意发展商品经济了，什么时候经济就比较繁荣；哪个地方比较重视和放手搞商品经济了，哪个地方的经济就比较有活力，老百姓日子就比较好过。

但起草小组有的同志持反对意见，不赞成把"商品经济"写入中央的最后决定，主要是担心把社会主义混同于资本主义；有的同志认为最多只能写上"商品生产和商品交换"。

其实，既然有商品生产和商品交换，就必然有商品经济。

1984年七八月间，中央在北戴河开会讨论这一问题，胡耀邦主持，两次讨论之后，胡耀邦对没有跳出计划经济圈子的提纲仍不满意。他强调，这是一个历史性文件，一定要写好。

原起草班子思想解放得不够，胡耀邦调整了起草小组的负责人，改由中央政策研究室主任林涧清为首，同时增加郑必坚、龚育之、林子力、滕文生、高尚全等人进入文件起草小组。

1984年8月以后，新的起草班子开始工作。

时任中国经济体制改革研究所所长的高尚全提出："改革就是要为迅速发展社会主义商品经济扫清道路。"要把商品经济写进决定，在"只有社会主义可以救中国"这句话之外，还要加上一句"只有发展商品经济才能富中国"。

但仍有人反对写进商品经济，主要是害怕社会主义跟资本主义混同起来，会变成资本主义。

"因为反对的人官都比我大，所以我没有办法了。"高尚全后来回忆说。

事后，高尚全想了一个"计策"，建议以中国经济体制改革研究会和中国经济体制改革研究所的名义，在西苑饭店开了个理论研讨会，力图通过理论界的意见影响起草小组的意见。

研讨会请了20位学者专家参加会议。会上，高尚全阐明文件应当在理论上有突破，应当明确地把"商品经济"写上去。这一观点刚一提出，大家便议论纷纷。

有人说："不搞商品经济，完全违背了一切从实际出发的马克思主义最基本的原则。"

有人说："社会主义既然存在分工，就必须存在商品经济。资本主义阶段可以绕过，但企图绕过商品经济，中国的实践证明是不可行的。"

还有人说："商品经济和资本主义制度并无必然联系，商品经济并不是资本主义的特有范畴。"

大家讨论意见很一致，认为发展商品经济是个必然的途径，社会主义经济必须要经过商品经济的阶段。

此外，研讨会也讨论了另一个问题，指出党的"十二大"提出的"计划经济为主，市场调节为辅"的提法不对称，也不科学。一个是社会制度，一个是手段和方法，二者不对称。

与会经济学家的意见令高尚全激动不已，彻夜难眠，奋笔疾书。

他在给中央的报告中写道：

改革就是要为社会主义商品经济扫清道路；发展社会主义商品经济决不会模糊社会主义和资本主义的本质区别。我国现阶段的社会主义经济是生产资料公有制为主体、多种经济成分并存的商品经济，我国经济改革的方向应当是，在坚持公有制为主体的前提下，按照发展商品经济和促进社会化大生产的要求，自觉运用经济规律。

从北戴河回到北京以后，起草小组在玉泉山工作期间，胡耀邦等人又分别上山主持起草小组进行讨论，当谈到计划与市场的关系时，有人倾向于写有计划的商品经济。

在这当中，经济学家于光远、经济体制改革研究会副会长童大林等人开过一个会，坚决主张写有计划的商品经济，他们还给有关领导写了一个会议简报。

与起草小组最后一次讨论时，还请去了邓力群，中央领导首先问大家理论上有没有问题，杨启先说"能站得住"。

有关领导问和宪法有没有抵触，郑必坚说"没有矛盾，宪法上没有说计划经济为主，市场调节为辅"。

最后又问邓力群有什么看法，邓力群说，他1979年就是这么提的。

1984年9月9日，有关负责人给胡耀邦、邓小平、李先念、陈云四位常委写了封信，对中国经济体制改革表达了四层意思。

其中，包括"社会主义经济是以公有制为基础的有计划的商品经济，计划要通过价值规律来实现，要运用价值规律为计划服务"。"'计划第一，价值规律第二'这一表述并不确切，今后不宜继续沿用"。

邓小平、陈云同志在他的信上画了圈表示同意。

9月11日，中央召集了约1500人，讨论了征求意见稿，人员包括在京中央委员、候补委员、中顾委委员、中纪委委员，中央各部门的主要负责同志，各省、市、区、各大军区同志，以及26个大企业的负责人。

通过讨论，加强了对经济体制改革，特别是城市体制改革的必要性、紧迫性的认识，决定在党的十二届三中全会把"有计划的商品经济"写进《中共中央关于经济体制改革的决定》中去。

同时，把原稿第四部分"改革计划体制、自觉运用价值规律"的标题改为"自觉运用价值规律的计划体制，发展社会主义商品经济"。

"但写进'决定'了不等于大家的思想都想通了。"杨启先说，由于一直就有争议，在《中共中央关于经济体制改革的决定》正式成文的前一天晚上，又加了一句话"但是在社会主义条件下，劳动力、银行、土地、矿山不是商品"。

这实际是说商品经济仅限于生产产品的领域，而不包括生产要素，不是完全的商品经济体系。

《中共中央关于经济体制改革的决定》的历史意义不容抹杀，尽管存有局限，但在一提商品经济就害怕等同于资本主义的背景下，承认这样的观点使文件成了"有历史意义的一个文件"，并为后来市场经济体系的建立打下了坚实的基础。

商品经济被写入纲领性文件

1984年10月20日，党的十二届三中全会在北京举行。会议由中央政治局常委胡耀邦、邓小平、李先念、陈云主持。叶剑英因病未出席会议。邓小平致开幕词。

胡耀邦代表党中央做题为《全面开创社会主义现代化建设的新局面》的报告。陈云在大会上做重要讲话。

大会通过决议，批准胡耀邦的报告和《中国共产党章程》及《关于中央纪律检查委员会工作报告的决议》。选举了新的中央委员会、中央顾问委员会、中央纪律检查委员会。

本次会议明确规定了党在新时期的总任务，制定了我国经济发展的战略目标、战略重点和战略步骤，提出建设以共产主义思想为核心的高度精神文明，制定了建设高度的社会主义民主的根本方针，强调要把党建设成为社会主义现代化建设的坚强领导核心。

出席这次全会的中央委员会委员和候补委员共321人。中央顾问委员会委员，中央纪律检查委员会委员，以及地方、中央各有关方面的主要负责同志共297人列席了会议。

这次会议分析了我国当时的经济和政治形势，总结了我国社会主义建设正反两方面的经验，特别是那几年城乡经济体制改革的经验，大家一致认为：

> 必须按照把马克思主义基本原理同中国实际结合起来，建设有中国特色的社会主义的总要求，进一步贯彻执行对内搞活经济、对外实行开放的方针，加快以城市为重点的整个经济体制改革的步伐，以利于更好地开创社会主义现代化建设的新局面。

全会一致通过了《中国共产党第十二届中央委员会第三次全体会议关于召开中国共产党的全国代表会议的决定》。

在这次会上，还一致通过了《中共中央关于经济体制改革的决定》。

《中共中央关于经济体制改革的决定》阐明了加快城市为重点的整个经济体制改革的必要性、紧迫性，规定了改革的方向、性质、任务和各项基本方针政策，是指导我国经济体制改革的纲领性文件。

《中共中央关于经济体制改革的决定》提出：

> 改革计划体制，首先要突破把计划经济同商品经济对立起来的传统观念，明确认识社会主义计划经济必须自觉依据和运用价值规律，是在公有制基础上的有计划的商品经济。商品

经济的充分发展，是社会经济发展的不可逾越的阶段，是实现我国经济现代化的必要条件。只有充分发展商品经济，才能把经济真正搞活，促使各个企业提高效率，灵活经营，灵敏地适应复杂多变的社会需求，而这是单纯依靠行政手段和指令性计划所不能做到的。同时还应该看到，即使是社会主义的商品经济，它的广泛发展也会产生某种盲目性，必须有计划地指导、调节和行政的管理，这在社会主义条件下是能够做到的。

《中共中央关于经济体制改革的决定》强调指出：

实行计划经济同运用价值规律、发展商品经济，不是互相排斥的，而是统一的，把它们对立起来是错误的。在商品经济和价值规律问题上，社会主义经济同资本主义经济的区别不在于商品经济是否存在和价值规律是否发挥作用，而在于所有制不同，在于剥削阶级是否存在，在于劳动人民是否当家做主，在于为什么样的生产目的服务，在于能否在全社会的规模上自觉地运用价值规律，还在于商品关系的范围不同。

由此,"商品经济"这个概念第一次写进党的决议。

文件明确提出了中国要实行"有计划的商品经济",改变了原来党的"十二大"提出的"计划经济为主、市场调节为辅"的提法。

这一论断有重大的理论意义和实践意义。其实早期在理论界是争议比较多的,人们对于原来计划经济的弊病早有认识,认识到改革的必要性,但是改革的目标和方向却不清楚。当时计划经济处于"一统就死,一死就叫,一叫就放,一放又乱,一乱又统"的恶性循环,只是在你管、我管上做文章。

长期以来,由于人们对社会主义的理解有不正确的认识,特别是对社会主义商品经济的认识处于僵化状态,有的地方甚至在理论上出现倒退,把商品经济完全归属于资本主义的范畴。

所以在实践中,限制、扼杀商品经济发展,逐步建立起高度集中僵化的计划经济体制,束缚了生产力发展。

《中共中央关于经济体制改革的决定》指明了国有企业的所有权和经营权相分离的改革思路。提出企业应有的多项自主权,应使企业真正成为相对独立的经济实体,能够自主经营、自负盈亏,成为具有一定权利和义务的法人。

此外,《中共中央关于经济体制改革的决定》还提出了价格体系和分配制度的改革,指出价格体系的改革是整个经济体制改革成败的关键。应建立合理的价格体系,充分重视经济杠杆的作用;建立多种形式的经济责任制,认真贯彻按劳分配原则。应使企业职工的工资奖金同企业的经济效益更好地挂起钩来，企业内部的工资制度应充分体现差别。

《中共中央关于经济体制改革的决定》明确了改革的基本目标和各项要求，是指导中国经济体制改革的纲领性文件。

全会号召全党、全军和全国各族人民，认真学习《中共中央关于经济体制改革的决定》，以充分的信心和勇气切实有效地进行工作，努力夺取改革的全面胜利，为更好地开创社会主义现代化建设的新局面而奋斗！

邓小平对《中共中央关于经济体制改革的决定》予以很高的评价。他说："我的印象是写出了一个政治经济学的初稿，是马克思主义基本原理和中国社会主义实践相结合的政治经济学，我是这么个评价。"

党的十二届三中全会之所以能够写出一个如邓小平所说的"一个政治经济学初稿"，原因就在于党中央集中了全党的智慧。

开始讨论党的十二届三中全会究竟开什么内容时，邓小平说最理想的是要搞一个改革的文件。党的十一届三中全会无论在政治上、经济上都起了很好的作用，这次三中全会能不能搞一个改革文件，这个文件将对全党起到巨大的鼓舞作用。

邓小平精辟阐释商品经济

1984年10月20日,党的十二届三中全会通过的《中共中央关于经济体制改革的决定》提出,要发展社会主义商品经济,要突破把计划经济和商品经济对立起来的传统观念。

建设中国特色社会主义是一项前无古人的伟大事业,马列主义的本本上找不到答案,别国模式无法照搬,只有不断解放思想,实事求是,把马克思主义基本原理同中国的实际相结合才能找到答案和出路。《中共中央关于经济体制改革的决定》就是这一思想的成果。

《中共中央关于经济体制改革的决定》公布后,邓小平发表重要谈话说:

这个"决定"是马克思主义的基本原理同中国社会主义实践相结合的政治经济学,就是解释了什么是社会主义,有些是我们老祖宗没有说过的话,有些新话。

过去我们不可能写出这样的文件,写出来,也很不容易通过,会被看作是"异端"。

其实,邓小平早在1979年11月会见英国不列颠百科全书出版公司编委会副主席吉布尼时，就明确了自己的观点：

> 社会主义也可以搞市场经济。

在后来的 1985 年 12 月 23 日，《时代》周刊总编辑格隆瓦尔德向邓小平提出了一个尖锐的问题。

格隆瓦尔德问道："中国共产党一直教育人民要大公无私，为人民服务。现在经济改革，你们教育人民要致富，出现了少数贪污腐化和滥用权力的现象，你们准备采取什么办法解决这些问题？"

邓小平回答说：

> 我们主要通过两个手段来解决，一个是教育，一个是法律。这些问题不可能在一夜之间解决，也不可能靠几个人讲几句话就见效。但是我们有信心，我们的党、我们的国家有能力逐步克服并最终消除这些消极现象。

格隆瓦尔德又进一步询问："这种现象是否反映了一个潜在的、很难解决的矛盾，即市场经济和社会主义制度之间的矛盾？"

邓小平十分肯定地说：

社会主义和市场经济之间不存在根本矛盾。

问题是用什么方法才能更有力地发展社会生产力。我们过去一直搞计划经济，但多年的实践证明，在某种意义上说，只搞计划经济会束缚生产力的发展。

把计划经济和市场经济结合起来，就更能解放生产力，加速经济发展。

邓小平认为，十一届三中全会以来，我们一直强调坚持四项基本原则，其中最重要的一条是坚持社会主义制度。而要坚持社会主义制度，最根本的是要发展社会生产力，这个问题长期以来我们并没有解决好。他说：

社会主义的优越性，最终要体现在生产力能够更好地发展上。

多年的经验表明，要发展生产力，靠过去的经济体制不能解决问题。所以，我们吸收资本主义中一些有用的方法来发展生产力。现在看得很清楚，实行对外开放政策，搞计划经济和市场经济相结合，进行一系列的体制改革，这个路子是对的。这样做是否违反社会主义的原则呢？没有。

因为我们在改革中坚持了两条，一条是公有制经济始终占主体地位，一条是发展经济要走共同富裕的道路，始终避免两极分化。

邓小平接着说：

我们吸收外资，允许个体经济发展，不会影响以公有制经济为主体这一基本点。相反的，吸收外资也好，允许个体经济的存在和发展也好，归根到底，是要更有力地发展生产力，加强公有制经济。只要我国经济中公有制占主体地位，就可以避免两极分化。当然，一部分地区、一部分人可以先富起来，带动和帮助其他地区、其他的人，逐步达到共同富裕。

邓小平最后对格隆瓦尔德说：

我相信，随着经济的发展，随着科学文化和教育水平的提高，随着民主和法制建设的加强，目前社会上那些消极的现象也必然会逐步减少并最终消除。

总之，我国当前压倒一切的任务就是一心一意地搞四化建设。我们发挥社会主义固有的特点，也采用资本主义的一些方法，目的就是要加速发展生产力。在这个过程中出现了一些消极的东西，但更重要的是，搞这些改革，走这样的路，已经给我们带来了可喜的结果。

中国不走这条路，就没有别的路可走。只有这条路才是通往富裕和繁荣之路。

1987年2月，邓小平在同几位中央负责人谈话时又尖锐地指出：

> 为什么一谈市场就说是资本主义，只有计划才是社会主义呢？计划和市场都是方法嘛。只要对发展生产力有好处，就可以利用。它为社会主义服务，就是社会主义的；为资本主义服务，就是资本主义的，好像一谈计划就是社会主义，这也不是对的，日本就有一个企划厅嘛，美国也有计划嘛。我们以前是学苏联的，搞计划经济。后来又讲计划经济为主，现在不要再讲这个了。

在这里，邓小平已经明确地把计划和市场都看成是"方法"和"手段"，实际上已经突破了把计划和市场看作社会基本制度范畴的传统观念。

这样，根据邓小平的意见，党的十三大报告没有再使用"计划经济为主"这个提法。

党的十三大报告使人们的认识又向前迈进了一步。但是，对于计划和市场究竟是不是社会主义与资本主义的本质区别这个问题，当时全党还没有达成一致的意见。

党的十三大以后，面对国内外发生的一系列重大事件，邓小平在冷静地总结经验和深刻地思考未来的基础上，为使全党在这个问题上早日形成共识，从1990年年底开始的一年多一点的时间里，他至少连续3次重申了计划与市场的问题。

在后来的1990年12月24日，邓小平在同几位中央负责人谈话时又有针对性地指出：

> 我们必须从理论上搞懂，资本主义与社会主义的区分不在于是计划还是市场这样的问题。社会主义也有市场经济，资本主义也有计划机制……不要以为搞点市场经济就是资本主义道路，没有那么回事。计划和市场都得要。不搞市场，连世界上的信息都不知道，是自甘落后。

这一论述，进一步丰富了社会主义市场经济理论的内涵。1991年年初，邓小平在视察上海时又一次强调：

> 不要以为，一说计划经济就是社会主义，一说市场经济就是资本主义，不是那么回事，两者都是手段，市场也可以为社会主义服务。

一年后，他在南方谈话时对计划和市场问题的观点，用科学准确的语言又进行了完整系统的表述，他说：

> 计划多一点还是市场多一点，不是社会主义与资本主义的本质区别。计划经济不等于社会主义，资本主义也有计划；市场经济不等于资本主义，社会主义也有市场。计划和市场都是经济手段。

这些谈话，对于统一全党的思想认识产生了重大影响，也为党的十四大正式提出建立社会主义市场经济作为经济体制改革的目标，提供了理论上和思想上的准备。

三、积极实践

- 邓小平挥毫题词:"深圳的发展和经验证明,我们建立经济特区的政策是正确的。"

- 陕西省社会科学院经济研究所所长张宝通分析说:"康复路的兴起,是改革开放之初带给西安的巨大机遇。"

- 福建省55位厂长、经理联名致信说:"我们认为放权不能只限于上层部门之间的权力转移,更重要的是要把权力落实到基层企业。"

工业部门改革经济体制

1982 年到 1983 年，工业部门率先开始经济体制改革的重要尝试。

在当时，为了精简行政机构，提高工作效率，克服官僚主义，国务院将原来的 52 个部、委，改组为 39 个。合并、撤销了一些部、委，第六机械工业部就是其中的一个。

精简行政机构，一种办法是合并或撤销，另一种办法是将政府中管工业的行政部门改为企业性质的经济实体。

撤销第六机械工业部组建中国船舶工业总公司，是工业改组和联合的重大突破，也是我国经济体制改革的一次重要尝试。

除了船舶工业总公司之外，还有其他工业总公司成立，如汽车工业总公司等。这些工业总公司的成立，有利于克服"官办企业"的缺点，提高经济效益，把企业办得更好。

作为机械工业的一个重要行业船舶工业，当时先走了一步。以全国主要造修船厂、配套厂和科研设计单位为主组建的中国船舶工业总公司，是改变现行行政管理体制，打破地区、部门界限，实行权利、责任、利益三者统一的经济组织。

船舶工业总公司把工业同贸易、军用品同民用品、造船同修理、科研同生产紧密结合起来，使一个政府部门改为一个企业组织，对下实行统一领导，分级管理。这样做有利于运用经济办法开展生产经营活动，提高经济效益；有利于统筹安排各项任务，更好地为用户服务；有利于进一步扩大船舶出口。

新中国成立后，经过30多年的建设，中国船舶工业从科研、设计、配套到总装，已经形成比较完整的体系。船舶工业除了完成国内需要的船舶任务外，还有能力建造远洋船舶出口。

大连造船厂1982年第一季度交付的两艘2.7万吨出口远洋货轮，船舶质量受到国外航运界、造船界一致的好评，说明我国制造的船舶质量是高的，是可以进入国际市场的。

但是，在管理体制上存在着不合理现象：部门分割，管理分散，造成重复生产、重复建设，以及"大而全""小而全"的不合理结构，在产品出口上也遇到了困难。

党中央、国务院经过反复考虑，认为要解决这些问题，机械工业必须按行业实行改组联合，生产部门与使用部门建立合同和订货关系，从管理体制上进行改革。一句话，就是要走联合之路。当然，这一改革不可能一蹴而就，要有步骤地进行，不断积累经验，在一个相当长的期间内完成。

交通运输是国民经济中的薄弱环节，水路运输又是交通运输中的薄弱环节，大力发展水路运输就需要大量的船舶。因此，我国船舶工业有广阔的前途。

我国内河和沿海航运的自然条件十分优越。我国大规模的海洋石油勘探开发即将开始，承造各种海上石油开发设备，也是船舶工业的重大任务。

针对这种情况，当时，《人民日报》发表了《经济体制改革的重要尝试》的文章。文章指出：

> 为了使船舶工业更好地适应经济发展的需要，船舶工业总公司要围绕提高经济效益，不断采用新工艺、新技术、新材料，有重点有步骤地进行技术改造和设备更新，组织专业化协作，扩大大型船舶的建造能力，提高船舶工业的技术水平、管理水平和配套设备国产化水平。当时出口的船舶还有许多配套部件是进口的，要逐步做到国产化。

文章认为：总公司一定要坚持统一规划，对方针政策、布点、重大基本建设和技术改造、重要的对外贸易以及全国性的专业化协作等，都必须统一规划。

在统一规划和统一对外的原则下，提倡各地区公司之间、各企业之间进行竞争。在质量、工期、价格和服务水平上，大家来个比赛，以激发生产积极性，取得更大的经济效益。

国民经济各部门是有机的整体,船舶生产部门要很好地为使用部门服务,使用部门也要大力支持生产部门的工作。为了国防的需要,军用品生产应放在首要地位。为了航运的正常进行,要把船舶修理工作放在重要的位置上。军需、民用,造船、修船都要实行经济合同制。

文章最后富有建设性地指出:

> 船舶工业打破地区、部门界限,走联合、改革之路,是从管理制度到管理方法的大变化,人们的思想认识和工作方法,要适应这个大变化。组建中国船舶工业总公司是一个新事物,我们还缺乏经验,今后不可避免地会出现这样那样的问题,会遇到这样那样的困难,国家各有关部门和地方要给予支持和帮助,使它不断完善和发展。希望船舶工业广大职工,奋发图强,艰苦努力,不断提高生产管理水平,提高经济效益,为我国经济体制改革提供有益的经验。

早在 1983 年 1 月,经北京市经济委员会批准,北京矿务局煤炭销售公司正式成立,同年 6 月北京矿务局成立煤炭经济研究会。

此后,北京矿务局营销系统在不断克服原煤生产不稳定，铁路运输紧张的困难，妥善安排非统配销售，扩大特供煤销售，加强质量管理，不断调整工业用煤比重和扩大出口，为实现全局增收减亏摆脱经济困境，力争经济状况好转，发挥了重要作用。

早在1978年，北京矿务局重新改为以局独立核算后，主要工作就是如何完成统配煤生产指标。到了20世纪80年代后期，北京矿务局逐步实现从单纯生产型向生产经营型转变。

北京矿务局相继抓住了工业用煤超产加价、出口配额增加等政策机遇，同时自己组织地方资源，自找用户进行计划外销售，使企业减亏增效。

在这种气候下，市场营销工作逐渐受到矿务局重视，局运销职能体系迅速得以充实加强。

20世纪80年代，京煤集团公司煤矿用工制度发展较快，出现了许多变化，尤其是20世纪90年代以后，以引进队、承包队、协议队用工形式生产煤炭已占较大比重，而且成为主力。

从1993年起，国有煤炭企业大致花了10年时间，才实现了与市场经济的有效结合。在几度混乱的行业秩序下，北京矿务局的煤炭营销更加举步维艰。

矿务局调集骨干人力充实到运销部门，提出"闯天下市场、创一流业绩"的口号，由此，大规模市场开发活动，以北京为轴心逐渐向全国扩散。

面对这种变化，如何最大限度地把职工组织到工会组织中来，如何组织好群众性安全生产，是一项难度很大的课题。

到20世纪90年代后期，南至广东、北达黑龙江、东至天津、上海，高峰时驻外办事处及联营销售公司多达10余处，在外销售、清欠外债的员工多达百人以上。从用户不相信北京有"煤"，到一度市场开发煤量高达生产总量的一半以上，为北京矿务局在直接煤炭促销及售后服务、强化资金回收、协调运输流向、捕捉市场信息和京煤向工业应用市场的转移打下了基础。

这样，以工业部门为先导，中国刮起了经济改革的旋风。

中央鼓励企业体制改革

1982 年 12 月底,北京的一部分经济学家和经济部门的负责人,出席经济体制改革委员会召开的座谈会。

在会上,大家热烈地赞成人大五届五次会议上提出的决策:积极稳妥地加快经济体制改革的进程。

参加座谈会的人认为,在今后 3 年内,改革重点放在以税代利、发挥中心城市作用、改革商业流通体制这三项工作上面,是抓对了抓准了。这些方面如果突破了,不但能带动整个经济体制改革,而且会给全国经济形势开创一个崭新的局面。

一位经济学家说:我们原有的经济体制,存在着不少弊端,到了非改不可的地步了。例如,"大锅饭""铁饭碗"这一套旧框框,企业不关心社会需要和技术进步,城乡分割、条块分割等,严重地妨碍我国经济的迅速发展。因此,如何在计划经济的范围内自觉地利用价值规律,积极发挥各种经济杠杆如工资、价格、税收、信贷等方面的作用,就成为经济体制改革的重大课题。

大家认为,中央支持企业进行体制改革,在当前价格体系等还难以全面改革的情况下,先加快以税代利的步伐,经济学家们认为是正确的,也是完全能做到的。为此,他们特别强调要培训大量的统计、会计、税收等经济管理人员，并搞好有关的基本资料工作。

经济学家们认为，改革要大胆一点儿。以经济比较发达的城市为中心，带动周围农村，统一组织生产和流通，逐步形成各种规模和各种类型的经济区；在经济比较发达的地区，实行地、市机构合并，由市领导周围各县；现有的省属企业改由所在城市管理，这些就是大胆改革的范例，其意义重大，必将影响各个经济领域的活动。这个试验如果成功了，一定会大大解放生产力，使我国社会主义生产关系出现新的面貌。

当前，一个兴旺的社会主义市场正在出现，如何使生产、交换、分配、消费真正实现良性循环，中心环节就是搞好城乡的商品流通。

国家经济体制改革委员会负责人希望全国经济界的理论工作者和实际工作者，都能积极参加经济体制改革的理论探讨和各种改革试验的实践。

在中央的号召与支持下，20世纪80年代初期，中国的改革春潮使不少企业摆脱了原先的僵化体制，走出了一片适合国情的道路。

当时，浙江温州地区直接从事商品经营和商品生产的气候开始形成，在闯世界的冲动下，胡成中抛弃旧业，成为温州百万推销大军中的一员，从事低压电器的销售。第一次跑推销，胡成中到了武汉三镇，推销了3000元的电器产品，赚了300多元。

胡成中并不是来自世家，而是如其他数亿普通的中国人一样出身平凡。他出生于温州柳市镇的一个裁缝家庭，像无数传统中国家庭一样，中学毕业后子承父业，做了手艺人。

推销的生活收益固然不薄，却也辛苦。胡成中在市场里摸爬滚打了两年，经历了成功的喜悦与失败的惆怅，但更重要的是发现并了解了市场。

面对改革开放后的巨大低压电器市场，胡成中开始有了新的打算：为什么要替他人销售产品，为什么不将产品生产的利润也拿在自己手中？几经思量，模糊中的意念终于成型了：办自己的厂，卖自己的货。

然而，办厂并不像设想中那么简单。怎么办？资金、技术、人力从哪儿来？胡成中开始琢磨。他首先把眼光投向了当时温州大地兴起的以一家一户为经营单位的家庭工厂。

这些工厂的创业热情十分高涨，凝聚力也十分强，但他们经常是顾了生产就顾不了销售，顾销售就顾不了技术，设备也少。要想在温州脱颖而出，一定要走一条新的路子。胡成中觉得"一个好汉三个帮"，最好是有几个好朋友合作，有钱出钱、有力出力。

恰好，胡成中一个要好的朋友也有了一样的想法，两人自然一拍即合。

1984 年，胡成中和其弟胡成国共出资 3 万元，友人出资两万元，凭着年轻人的热情和一纸协议，以合伙制的形式在温州地区乐清市柳市镇创办了乐清求精开关厂。

"求精"意为"精益求精"。两人约定,厂长由两人按年轮流当,在初创期企业不分红。

那时大家热情高涨,没有厂房,胡成中的家便成了工厂;没有设备,胡成中就和朋友去租、去借。当时共有 8 名职工,分别来自胡成中和友人的家庭。

到年底,新生的求精开关厂就完成了 5 万元的产值,这在当时已足以让那群年轻人热血沸腾了,大家不禁觉得,照这样发展下去,前途将不可限量。

然而,到 1985 年年底,厂里的产值还是 5 万元;到 1986 年年底,求精的产值也没有比 5 万元多一个子儿。面对现实,大家都不免有些泄气。胡成中也有些不解,但凭直觉,他觉得原因一定要从市场中去找。

胡成中开始频繁接触外出推销的大军,在和一位推销员的聊天过程中,对方不停地向他抱怨如今的生意难做。

"现在很多大工厂的门前都贴着:'温州人不准入内推销',因为我们的产品质量不好。门卫一问,如果说自己是温州人,保准进不了门。更有甚者,有时递烟给厂里的人,他们居然都拒绝。倒不是他们不会抽,而是不敢抽。他们是怕烟的质量恶劣。"

胡成中明白了:产品质量是产值上不去的根本原因。

凭着敏锐的感觉,胡成中知道这就是问题的症结,于是马上和友人商量,并最终确立了"质量立厂"的方针。求精开关厂提高质量的第一步是增添新设备。经过两个家庭发动各自的关系，多方筹措，终于有了更换设备的资金。设备更换后马上起到了作用，求精的产值在年底达到了 58 万元。

在后来的 1991 年 6 月，胡成中以股份合作形式和 7 位亲戚朋友一起组建了温州德力西电器实业公司，设立了董事会，主要生产各个类型的继电器、接触器和开关。在确定公司的名称时，大家颇费了一些思量。

胡成中在大家提完建议后说："我们厂今后的发展还得靠高质量，高质量离不开高技术。西门子所在的西德现在技术领先、质量过硬，不如我们取'德力西'表示我们向它看齐。"

于是，"德力西"三个字便出现在了温州和低压电器行业。

在这场改革之潮中，像胡成中那样的人和故事还有很多很多。

城乡企业改革显示活力

1984年1月,邓小平来到深圳,挥毫题词:

> 深圳的发展和经验证明,我们建立经济特区的政策是正确的。

4月16日,城市经济体制改革试点工作座谈会在常州召开,会上提出,城市经济体制改革要有新的突破,中央有关部门和省、市、自治区要简政放权、层层放权,把一部分权利和责任下放给试点城市。试点城市的经济管理也不能沿用老办法,要把应该给企业的权利真正下放给企业。

这次座谈会是国家体制改革委员会组织召开的。参加座谈会的有25个城市和有关省的经济体制改革工作机构的领导同志,以及中央有关部委的同志。

会上传达学习了中央领导同志最近关于城市改革的讲话精神,交流了重庆、常州、沙市三市进行经济体制综合改革试点的经验,着重讨论了搞活企业、搞活流通,开创城市改革新局面等问题。

参加座谈会的人认为,在扩大试点城市权利和责任的同时,要进一步扩大企业的自主权。

当年5月，在已经确立开发的特区基础上，14个沿海城市对外开放。南方的特区、沿海的开放城市和长江三角洲的乡镇企业奏响了改革最强音。

与此同时，在北方内陆，一个默默无闻的年轻城市，自创"撞击反射"迅速成为一颗耀眼的明星。人们称石家庄是"自学成才"，他们不靠政策，靠的是创造力。石家庄成为北方的改革明星。

1984年1月21日至25日，国家体改委在石家庄召开北方七省、市、自治区城市改革座谈会，东道主石家庄介绍了城市经济改革方面最拿手的"撞击反射式"改革。

1984年年底，《石家庄日报》转发新华社报道，首次提出石家庄改革的"撞击反射式"。文章说：

> 石家庄市的"撞击反射式"综合改革，就是用企业改革中提出的改革要求，去"撞击"那些不适应生产力发展的现行规章制度，促使全市各机关部门按照搞活企业的要求自行改革；领导部门的改革"反射"到基层，企业在搞活中又遇到新的问题要解决，再促使有关部门进一步改革以适应企业的需求。

新华社的文章第一次在全国范围内，介绍了这一经济改革经验。

1984年是石家庄经济改革震动最大的一年,"撞击反射"逐渐发挥作用,继马胜利因承包一举成名被称为"马承包"后,又先后出现了"张联合"张兴让、"夏服务"夏继勋、"许引进"许期颐,并称石家庄经济改革"四大名旦"。

1984年,河北作家陈冲的小说《小厂来了个大学生》,成为"改革文学"的代表作之一。

比这更有代表性的是河北籍作家蒋子龙的《乔厂长上任记》。

"改革文学"初期的作品以后来人的文学眼光来看不免稚嫩。但在一片沉寂的时候,振臂一呼发出改革的声音,已属石破天惊。马胜利们就是现实中的"乔厂长"。

"张联合"带领市第一塑料厂与省内外6家乡镇企业结成经济联合体,起名东方塑料联合公司,联营形式实现了产品的生产、加工、销售"一条龙"。《石家庄日报》称之为马胜利之后"我市经济体制改革春潮中绽放的又一枝新花"。

1984年,时任中共中央总书记的胡耀邦到河北考察,他说,马胜利搞承包比较好,张兴让搞联合比较好,干脆一个叫"马承包"一个叫"张联合"吧。

从那以后,"张联合"的说法逐渐传开,以至于很多人知道"张联合"而不知道张兴让。

后来,"联合"的思路被应用于搞企业集团,把上下游的产业联合起来做大做强。

"夏服务"任党委书记的市服装鞋帽工业公司由一家介于局与企业之间半行政、半企业性质的公司,转轨变型为一家服务性公司,改名服装鞋帽销售公司。原来靠吃下属公司的管理费,转轨后实现盈利。

"许引进"为把第一经编织物厂搞活,先后从联邦德国引进9台设备,产品质量和效益很快提升。

在"撞击反射"作用下,1985年下半年开始,石家庄市率先探索建立生产资料市场,打破了长期以来生产资料单一计划供应体制,人才(劳动力)市场、技术市场、房地产市场等生产要素市场相继建立。

青年街市场、广安街市场等10多个街道市场陆续建立,这是石家庄新华、南三条两大市场20世纪90年代跻身全国十大集贸市场的必要前奏。

1985年10月,党的十二届三中全会提出"加快以城市为重点的整个经济体制改革的步伐"。

同月,石家庄市委书记贾然在《红旗》杂志发表文章《石家庄的"撞击反射式"综合改革》说:

"撞击反射式"综合改革一是层层下放权利,使企业成为相对独立的商品经营者;二是发展横向联合,为大力发展商品经济,进一步搞活企业创造条件;三是运用经济杠杆,把搞活企业同国家的计划管理结合起来。

同样是"撞击反射"的作用，张联合在 1987 年创造性提出"满负荷工作法"，以"人尽其力，物尽其用，财尽其效"，对人、财、物等要素合理组合，让三者都像设备"满负荷"运转一样不浪费。

"满负荷工作法"受到中央领导和省领导高度重视，1988 年，全省 670 多家企业实行了"满负荷工作法"。在这一年春天，全国首届经济改革人才奖新闻发布会宣布：石家庄第一塑料厂厂长张兴让获金杯奖，石家庄造纸厂厂长马胜利获银杯奖。

改革开放之初，河北出现了不少批发市场。在中国经济社会大变迁过程中，这些简陋的市场曾扮演了最活跃的角色，是计划经济走向市场经济的突破口。在这里，嗅觉灵敏而又勤奋的商贩们完成了原始积累，也以最直观的方式给群众以市场教育。

长期被当作资本主义尾巴割除的"市场"，重新出现在人们生活中时，令人心有余悸。尽管如此，市场仍然顽强地生长起来。到 20 世纪 80 年代末，冀中平原的一个小村庄兴起的白沟市场令人瞠目：这里终日人山人海、尘土飞扬，客流量有 10 多万人。

1983 年，有着 2000 多名职工的青岛橡胶九厂仍是跟着国家计划转，数十年一贯制地生产"解放鞋"，原料由国家统配，产品由国家包销。

但到了这年年底，初期的改革开放使计划经济和市场经济之间出现了真空，商业部门告诉橡胶九厂，"傻大笨粗"的解放鞋卖不出去，拒绝收购。

刚刚被任命为青岛橡胶九厂党委书记的汪海，面对堆积如山的200万双解放鞋，被逼之下迈出了"自销"的第一步。在一个个冬夜里，由汪海带领，将解放鞋偷偷运出厂自己销售。

很快，风声走漏，商业部门大怒，声称今后停止包销他们生产的任何产品。

商业部门的愤怒并非没有缘由，这家企业竟然置"红头文件"于不顾，作出明目张胆的违规行为。但那时的汪海，除了将解放鞋卖出去，让企业生存下来，已经管不了太多。

在他的带领下，职工们索性在大白天背着鞋箱闯市场，不但在青岛本地卖，还跑到烟台、石家庄、南京、兰州卖。一年过后，200万双解放鞋全部卖了出去，企业因此活了下来。

在1984年的时候，中国的人事仍是讲文凭、讲学历，当时全中国还没有一家敢实行聘任制的。

砸掉计划经济旧体制、旧机制的锁链，打破身份界限，砸掉了"旧三铁"和"新三铁"，偷着到农村招收农民工，双星又是第一家。

当时，橡胶九厂的机构设置早已严重脱离了生产、销售的实际需要。

汪海在实际工作中真切感受到了旧的管理模式弊端丛生，当时企业吃国家"大锅饭"，职工吃企业"大锅饭"，生产效率低下的体制机制窒息了企业的生机和活力，汪海决定机构优化。

矛盾爆发了，有人质问汪海："你有政策根据吗？"一些上级领导亲属组成的武装部和安全科，拒不执行厂里的决定，告状告到了国家劳动部。

汪海丝毫没有让步，坚决将两个科合并，将队伍庞大的计划科并进销售科，进而将原先只有4个人的销售科扩充为拥有600人的销售公司。

汪海成了中国第一个打破"铁饭碗"的人。全部合同制，使国有企业诸多弊病得到根治，效益好了、工资增加了，企业职工积极性自然更高了，企业得到突飞猛进的发展。

1984年，双星破墙开店，敞开大门办三产，成立了国内国有企业中第一个对外开放的劳动服务公司，建成双星不夜城、"大吃街"和旅游休闲度假村，成功安置了2000多名富余人员。

1985年，中央提出企业走"横向经济联合"之路，而汪海早在一年以前，就与黄岛橡胶厂搞横向经济联合，在挽救这家即将倒闭的乡镇企业的同时，成功地将自己的老产品转移到农村生产，在农村获得了廉价的厂房和劳动力。

此后一年多，汪海在青岛周边地区建起13家联营分厂，年产值加起来达到1亿元，完成低成本扩张。

20世纪80年代中后期，双星在国有企业中第一个以企业的名义召开新闻发布会，第一个在国际舞台上举行"鞋文化表演"，成为国内企业进入国际市场的先行者。

双星最早实施名牌战略，第一个开始进行多元化经营，大力发展广告、金融、餐饮、娱乐、旅游等三产行业，实现了横跨17个行业的多元化发展。

1988年，双星几经周折，成为全国首批获得自营出口权的企业，并在1995年成为全国第一个年出口创汇突破5000万美元的制鞋企业。

在市场的博弈中，邓小平提出来的"发展才是硬道理"的改革理论给了汪海很大的启示，他认识到，国有体制在竞争性行业中并不能保持持续发展的优势。

20世纪90年代初，汪海在有利于国有资产保值增值的前提下，将双星经营公司进行承包买断，完成了职工从"给公司卖鞋"到"给自己卖鞋"的转变，把众多双星人送上了制造百万富翁的流水线，同时为竞争性领域国有资产保值增值探索出了一条新路。

他还将邓小平提出的"农村责任田"的方法移植到工厂，创造了双星法制化、市场化"四自一包"管理新模式，将车间设备承包给职工个人，把企业的工作岗位变成了每位职工的"责任田"，实现了职工自己管理、自己算账、自己减人、自己降耗，使整个集团的生产效率提高30%以上。

推动商品经济向纵深发展

1984年10月,党的十二届三中全会作出《中共中央关于经济体制改革的决定》后,辽宁省委、省政府进一步解放思想,加快步伐,在继续深化农村改革的同时,把增强企业活力作为中心环节。

根据国民经济各个环节的内在联系和主客观条件成熟程度,不失时机地推动以城市为重点的整个经济体制改革逐次展开,并不断向纵深方向发展。

1985年,辽宁省委、省政府为贯彻《中共中央关于经济体制改革的决定》精神和"慎重初战,务求必胜"的方针,坚持从搞活企业和搞活城市这两方面推进改革。

省政府召开了全省搞活大中型企业座谈会,会后,省政府发布了《关于进一步搞活大中型企业若干政策问题的规定》,对各市和省直有关部门继续放宽一些政策。

7月,省政府又召开全省城市经济体制改革座谈会,传达贯彻国家体改委在武汉召开的会议精神,强调进一步发挥中心城市的多功能作用,为搞活企业创造更有利的外部环境。

此后,省政府认真贯彻国家经委、国家体改委《关于增强大中型国营工业活力若干问题的暂行规定》及国家体改委召开的东北地区经济体制改革座谈会精神,紧紧抓住搞活企业特别是大中型企业这个中心环节，制定一系列搞活大中型企业的具体政策和措施，进一步扩大企业的自主权。

为转变政府职能，使政府部门由直接管理变为宏观间接管理，将省属企业下放到市。

到1985年年底，全省已下放企业197个，占省属企业总数的76.1%；对各市按照政企分开，"放权于工厂，服务于基层"的原则，将市一级所属二级行政性公司进行清理整顿，初步实现了转轨变型；改革计划体制，缩小指令性计划，扩大指导性计划范围；同时加强了旨在避免经济建设出现失控的宏观管理，注意处理宏观控制与微观搞活的关系，以达到"放而有度，活而不乱"的效果。

通过"扩权"，出现了沈阳重型机器厂、沈阳电缆厂、大连冷冻机厂、抚顺钢厂等搞得较活的一批大中型企业。

1985年，省政府在企业改革、简政放权的同时，进一步完善以承包为主的经济责任制。在大中型企业实行划小核算单位，分级分权管理，对主体生产车间及非主体生产车间分别实行独立核算、自计盈亏、利益与效益挂钩、分级分权管理，自主经营的办法。

这一年，沈阳、大连、抚顺、丹东等市已有206户大中型企业划小核算单位1501个。通过企业内部配套改革，理顺了分配关系，调动了各方面的积极性。

早在 1984 年 12 月，省政府就发出《批转省计委〈关于改进计划体制的若干补充规定〉的通知》，对缩小指令性计划范围作出规定，减少计划管理的品种。

对主要农产品的生产实行指导性计划，计划管理的品种由 21 种减为 13 种；工业生产列入省管的计划品种，由 235 种减为 184 种。

辽宁省对社会商品零售额实行指导性计划，对重要商品的收购和调拨实行指令性计划，计划品种由 42 种减为 27 种；外贸收购总额实行指导性计划，出口商品收购计划省管品种由 600 多种减为 60 种，大部分下放给市、地和部门管理。

从 1984 年 5 月起，辽宁省陆续将省属沈阳、大连、丹东、鞍山等地批发专业公司划细经营，并陆续办起了各类贸易中心 69 处。

为充分发挥市场机制作用，扩大了横向联合，还试办一些跨地区、跨部门的产销联合和各种形式的企业集团、贸易中心，组织开展了厂站、厂店直接挂钩，工商联营联销、委托代销、总经销、总代理等形式。

同时，恢复了农村集市贸易，建立了城市工业品、农产品市场，发展了早行夜市、批发市场等多种交易形式，逐步形成开放式、多渠道、多形式、少环节的消费品市场。

到 1985 年 5 月，省商业厅系统共放开国营小企业 2175 户，占国营小企业总数的 72.5%，其中改为全民所有、集体经营的 1709 户，转为集体企业的 132 户，租赁给经营者或职工集体的 334 户。

　　1985 年，国营大中型零售商业、饮食服务业，经过企业整顿，改革领导体制，推行经理负责制，完善经营承包责任制以及试行现代化管理后，企业初步成为自主经营的独立实体，管理水平和经济效益显著提高，形成了多种经济形式、多种经营方式、多条流通渠道和少环节、开放式的流通体制，使国营、集体、个体商业得到共同发展。在商业行政体制改革方面，实行了政企职责分开。

　　1984 年上半年，将省属 22 个工业品二级站下放给所在市管理。

　　1985 年，省政府决定将省属的二级批发站全部下放给所在市、地管理，上缴利润指标由财政厅划转到市、地，实行二三级批发合一，减少了流通环节，各市、地建立了各种形式的贸易中心 140 余处，打破了旧有的批发模式。对政企合一的管理性机构进行了调整，一部分行政性公司撤并或转为经营服务型公司。

个体户在商品市场上致富

在西安第四军医大学口腔医院的西侧,有一条小马路,因为靠近医院的缘故,人们便给这条马路起了"康复路"这样一个带有祝福色彩的名字。

20世纪70年代末,康复路是一条再普通不过的马路,土里土气,宽不足10米,长不过几百米,道路甚至有些坑洼。

对于20世纪80年代做生意的个体户来说,康复路是他们养家糊口的战场成就梦想的舞台。康复路是一个传奇。

西安康复路小商品市场形成于20世纪80年代初,是西安地区最早的一个小商品市场。得益于改革开放的好政策,20世纪80年代初期,一些南方的生意人开始在这里批发和零售来自沿海的小商品。

几年后,一些西安本地人也加入这个自发形成的马路市场。渐渐地,康复路从一个商业小街发展成为后来西北地区最早、最大的小商品市场。在那个时代,康复路是一个标志,是城市商品经济的代名词。

张玉秀自从那时就在康复路经营一个门面,她是最早在康复路做生意的个体户。因为她和丈夫都没有工作,所以,早在来康复路之前,她就已经开始偷偷摸摸地做小买卖。后来回想起自己做生意的经历,她说这就像一本书一样。

"那时候家里穷,没有吃的、没有穿的。怎么办,就背红薯、背玉米,卖小百货,文具,毛线呀,啥都有。那时候做生意都没有地方,都是关着门、敲窗户把东西送来。国家不叫做生意。那时候就叫投机倒把,罪可受大了。"张玉秀后来回忆说。

改革开放之前的中国城市完全是计划经济,即使是一根小小的绣花针也是从生产到流通都由国家计划。因为国家政策的限制,张玉秀的小买卖始终是勉强维持,加上4个孩子,全家6口人可以说是艰难度日。这样的日子,到康复路的出现才慢慢有了转机。

但是,20世纪80年代初期的康复路还是一个很简陋的马路市场,张玉秀做生意赚的钱仅仅能够维持日常的开销。

1983年张玉秀进了康复路。那边是一排房子,这边是几个临时摊位,口腔医院那头都是卖药材的、卖水果的。就这一条街道,大家拉个钢丝床摆到这里做生意。白天摆摊、晚上收摊。那时候生意并不容易做。

张玉秀的生意真正好起来是1986年以后。她选择了一个康复路市场上很少有人做的行业,卖缝纫产品和配件。市场的人流量大了,生意也就越做越红火了。

冬天寒冷,夏天酷热的简易摊位也变成了固定的门面房。再后来,张玉秀用做生意赚的钱买了商品房,4个孩子也都有了自己的生意。

张玉秀大儿子开了饭店，老二卖凉席，小儿子在商城卖包，有挎包、钱包，女儿现在在她的商店里做生意。张玉秀已经不做了。

正是有了成千上万个像张玉秀一样的个体户，才造就了康复路的商业神话。

后来，康复路市场入驻商户5000多家，每天的客流量10万人次，每年的营业额超过20亿元。因为巨大的辐射带动效应，康复路的周边陆续形成了轻工市场、义乌小商品城、茶叶城、多彩商城等。

"康复路的兴起，是改革开放之初带给西安的巨大机遇。"陕西省社会科学院经济研究所所长张宝通分析说，"我们原来是讲公有制经济的，讲国有、讲集体。对非公有制经济政策卡得比较死。20世纪80年代初，我们国家实行了改革开放政策，政策放宽了，鼓励个体私营经济发展。在这个时候走在前面的是沿海。以浙江人为代表，他们不仅在沿海发展，也到陕西来发展。"

1984年3月28日，石家庄造纸厂门前突然出现了一张题为《向领导班子表决心》的"大字报"，内容是：

> 我请求承包造纸厂！承包后，实现利润翻番！工人工资翻番，达不到目标，甘愿受法律制裁。
>
> 我的办法是："三十六计"和"七十二变"，

对外搞活经济，对内从严治厂，关心群众生活……

"大字报"的作者是该厂业务科长马胜利。

"大字报"贴出后，有人说他要"抢班夺权"，有人说他"野心大暴露"，这些人，都是厂里的领导；也有人拍手称快，这些人都是厂里的工人。

时任石家庄市市长的王葆华说，当时石家庄造纸厂的情况很微妙，这是一个拥有800多人的大厂，当年国家下达的年利润计划是17万元，但厂领导却不敢接下来，讨价还价说还得亏损10万元。

"结果马胜利杀了出来，他说，如果是他，就把17万'掉个个儿'，实现利润70万元。"最后，王葆华等市领导拍板鼓励马胜利承包，"那时候我56岁了，快退休了，也豁出去了"。

业务科长出身的马胜利把精力主要放在产品结构和销售激励上，一系列的措施让厂子顿时有了活力。

造纸厂生产的是家庭用的卫生纸，马胜利根据市场需求，把原来的"大卷子"规格变成了6种不同的规格，颜色也由一种变成3种，还研制出"带香味儿的香水纸巾"。

结果，承包第一年，厂里盈利140万元，承包第四年，利润增长了21.9倍。

1985年7月26日，全国的报纸都刊登了新华社的长篇通讯，题目是《时刻想着国家和人民利益的好厂长马胜利》。马胜利很快成为闻名全国的新闻人物。

一个原本名不见经传的小人物，率先承包国有企业，而且一包就灵，一跃成为有名的"明星企业"，这在当时的背景下，不能不说是一个大新闻。

在当时，全国大大小小的媒体相继刊载了关于"石家庄出了个马承包"的新闻，有的还配发了评论和编者按。人们都在考虑"马承包"的意义是什么，好多人先后都问过马胜利这个问题。

"改革开放之后，并不是每一个企业家、政治家都知道怎样改革，有一句话叫'摸着石头过河'，需要在实践中摸索。我认为马胜利抓住了这个契机，充分理解了改革二字，敢于打破旧的体制。如果没有这种大智大勇，马胜利不会成功。"一个知情者说。

这个人介绍说，马胜利走马上任以后，不按常理出牌，打破了当时的游戏规则，还动脑子做了很多新鲜的东西，"比如现在饭店厨师戴的那种白色的帽子，还有妇女用的卫生巾，现在很多老人都不知道什么叫卫生巾，在她们年轻的时候根本没有这东西，这个都是马胜利开始搞起来的"。

他由此对马胜利给出评价：马胜利是一个很有商业头脑并不断创新的人。

1986年，马胜利在厂门口竖起个1.5米高的大牌子，上面写着"厂长马胜利"，还振振有词地说："名片上印的名字字体都比单位大，我把这个牌子挂到门口为什么不行？"

这在那时的国有企业是一件不可思议的事情，不过因为他是"马胜利"，所以没有人觉得有什么不适当的。

以"中国企业承包第一人"的身份，马胜利曾经在国内和国外做过 500 多场报告，全国上下刮起了学习"马承包"的高潮。10 多个省份专门下发"红头文件"学习马胜利。马胜利提出的"三十六计"和"七十二变"承包思路成为国有企业摆脱困境的灵丹妙药。

1986 年年底，马胜利获得"时刻想着国家和人民利益的好厂长马胜利"和"勇于开拓的改革者"称号。

1987 年，马胜利被评为国家有突出贡献的科学技术专家。

1988 年，马胜利和鲁冠球、汪海等 20 人荣获全国首届企业家金球奖。

1986 年和 1988 年，马胜利两次获得五一劳动奖章。

由于"马承包"的出现，石家庄造纸厂所在的胜利大街与和平路交叉口，即北道岔这个普通的城市路口，一下子热闹起来了。前来订货的、观摩的、"取经"的……天南地北的一批又一批，络绎不绝。

外来人口突然大量增加，刺激了第三产业的繁荣。当时，北道岔大桥旁那家卖牛肉罩饼的，每天至少卖出去上千碗。

"20 世纪 80 年代石家庄'老外'还不多呢，而来我们厂考察的外国人却像走马灯似的。"马胜利后来不无得意地说。

1987年,马胜利开始"放眼全国",决定承包20个省的100家造纸企业,准备打造"中国马胜利造纸企业集团",他一人担任100家分厂的法人代表。

一次次地演讲,一个个地承包,一场场地签约,马胜利似乎成了许多地方造纸企业的神奇救命稻草。

作家高峰曾在《马承包新传》中真实地记载了那段时间马胜利所到之处所引起的轰动:"他谈笑风生,话语幽默,会场内外鸦雀无声,听得人们如痴如醉,长达3个小时的报告,竟无一人走动,有人憋着尿也不去厕所……"

"中国马胜利造纸企业集团"成立的日子是1988年1月19日。"这个集团公司成立的鞭炮声响起,就注定了他要失败。"对此,有人直言不讳。

这一天,时任石家庄市市长的王葆华出席集团成立大会,发言很实在:马胜利是人,不是神。

尽管后来他的改革方法出现了失误,但他把"包"字引进城的做法,引发了中华大地国企改革的飓风,马胜利最先撬开了计划经济这把锁。

商品经济的发展,从沿海开始,一直扩展到内陆,一场巨大的变革,给中国带来了新气象。

南方小镇弄潮商品经济

1984年,在广东顺德的容桂镇,只有小学四年级学历的潘宁以零件代模具,用汽水瓶做试验品,凭借手锤、手锉等简陋工具、万能表等简单测试仪器,在十分简陋的条件下,打造出了中国第一台双门电冰箱。

科龙电器创始于1984年,前身是顺德珠江冰箱厂,属乡镇企业。科龙后来飞速前进的力量源于它从一开始就拥有敏锐的市场嗅觉。

在容桂镇工业与交通办公室副主任潘宁的带领下,一班人马赴全国各地进行市场调查并得出一个重要结论:"电冰箱是一个具有广阔发展前途的家电产品。"容桂镇人的异想天开和创业激情在这里被引爆,从此一发不可收。

当时的广东城镇开办企业成风,其中很多能人都是乡镇基层干部出身,他们是当地观念最超前的人,更关键的是能够整合各方面的资源。

潘宁造冰箱,在技术上靠的是北京雪花冰箱厂的支援,在资金上则是由镇政府出了9万元的试制费,所以,这家工厂成了"乡镇集体企业"。这年10月,珠江冰箱厂成立,冰箱的品牌是"容声",潘宁出任厂长。

企业初创的艰辛,可以想象,那个时候的乡镇企业还颇受人歧视。

潘宁到当年北京最著名的西单商场推销冰箱，一位科员跷着腿问他："容声是咋回事呀？是啥级别的？"

潘宁回答说："我们是乡镇企业。"

那位科员当即下了逐客令。

1986年，潘宁请香港影视明星汪明荃代言冰箱广告，因为汪明荃是全国人大代表，广告要播出需请示上级。报告打上去，如石沉大海，所以在很长一段时间里，这则广告只能在地方电视台播出，却上不了中央电视台。

这些身份的歧视和制度性的打压，并没有给科龙造成致命的困扰，就跟当时所有的乡镇企业一样，潘宁和他的团队反倒增强了竞争能力。

20世纪80年代中后期，中国知名的冰箱企业都是靠引进生产线而起步的，在那几年，国内先后引进79条冰箱生产线，从而引发了一场冰箱大战。

在这些冰箱工厂中，珠江冰箱厂是身份最为低微的一家，然而却靠款式的新颖、质量的上乘以及营销的灵活而渐露头角。潘宁尽管不是专家出身，却视质量和技术进步为生命，他请汪明荃代言广告，策划人员苦思了一大堆花哨的广告词，最后他圈定的却是最平白的一句："容声容声，质量的保证。"

这在后人看来再普通不过，但在当时，作为一家乡镇小厂，面对严重供不应求的家电市场，能够提出这一点的确是需要高瞻远瞩的眼光。

当时的潘宁在管理培训上双管齐下，狠抓质量。同时，他还通过制定品牌战略，建设售后服务网络来进一步确立产品的高质量形象。

后来，汪明荃"容声冰箱、质量取胜"的广告还在中国老百姓的心中留有深刻的印象。科龙还由此开了请香港明星做品牌代言人的先河，也算中国品牌建设中的一个小花絮。

到1989年前后，珠江冰箱厂的装备和规模已经比国营工厂先进。

这年冬天，《经济日报》记者在对工厂的访问记中惊讶地写道：

这家位于顺德容桂镇的乡镇企业拥有固定资产8000万元，进口设备占45%，许多大中型国营企业都不具备如此好的条件。该厂的原则是，谁的最好就买谁的，整条生产线长达6公里，全是由欧美、日本的最好设备配套组成的，这又是许多大中型企业望尘莫及的。

在珠江三角洲一带，容声冰箱成为最知名的家电品牌，在全国市场上，则形成了"北海尔、南容声"的双雄格局。

在公司初创期，一个非常重要的事实是，珠江冰箱厂的壮大与顺德地方政府的全力扶持是分不开的。

当时的华南地区，领改革开放的风气之先，地方政府对企业扶持不遗余力，因此带来"镇镇点火、村村冒烟"的繁荣景象。在所有市镇中，顺德、中山、东莞、南海因经济最为活跃而被称为"广东四小虎"。

顺德位居"四小虎"之首，其对科龙的全力扶持堪称典范。

有一个故事曾被广为流传：20 世纪 90 年代初期，潘宁要扩建厂区，但是容桂镇上已无地可征，镇领导摊开地图，仔细盘算，最后决定炸掉镇内的一座小山，将之夷为平地，让潘宁建车间。有记者对此感慨不已，称："若其他地方政府都这样替企业着想，哪有经济发展不起来的道理？"因此用了《可怕的顺德人》为报道的标题。

由于政府的开明与倾力支持，当时的顺德的确非常"可怕"，全国家电产量的三分之一在广东，而顺德就占去了半壁江山，它是全国最大的冰箱、空调、热水器和消毒碗柜的生产基地，还是全球最大的电风扇、微波炉和电饭煲的制造中心，容声、美的、万家乐和格兰仕并称中国家电四朵金花，在这一年评选的全国 10 大乡镇企业中，顺德竟占去 5 席。

1984 年 3 月 24 日，福建省发生了一件日后记载于中国企业发展史册的大事，这件事看起来与石狮无关，但从另一个方面却恰恰说明了石狮发展的必然。

在这一天的《福建日报》上，全文刊登了福建省 55 位厂长、经理联名所写的《请给我们松绑》的呼吁书。

他们在这封公开信中说道：

> 我们认为放权不能只限于上层部门之间的权力转移，更重要的是要把权力落实到基层企业。
>
> 为此，我们怀揣冒昧，大胆地向你们伸手要权。我们知道目前体制要大改还不可能，但给我们松绑，给点儿必要的权利是可以做到的。

实际上，这些厂长、经理所要的权利，不过是企业的人事权、自主发工资、奖金，以及按照市场规律的自主经营权。

这封公开信出台的真实过程是，当这封信摆上了省委书记项南的办公桌后，这位一向支持改革的急先锋马上批转给《福建日报》，还提笔替报社写好了"编者按"。随后，福建省委组织部研究后明确表态"不当新婆婆，坚决搞改革，支持松绑放权"。

一周后，《人民日报》在第二版头条显著位置，报道了福建55位厂长、经理呼吁"松绑放权"的消息，也配发了相关的"编者按"。于是，一场关于进一步扩大国营工业企业自主权、实行厂长经理负责制的改革潮流形成了。

对石狮这样的地方来说，或许自由市场经济就是最好的守护神，日后它也将一次次从市场中磨炼羽翼，汲取力量。当然,它也将一次次品尝市场的风云变幻所带来的辛酸苦辣。

在后来的1988年,一位大洋彼岸的美国未来学家约翰·奈斯比特继6年前那本轰动一时的著作《大趋势》之后再次出版了畅销书《2000年十大趋势》。

在这本新书中,约翰·奈斯比特预言,今后的世界经济将是全球连接,经济全球化并不是指160个国家之间的贸易越来越兴盛,而是全世界将变成单一市场、单一经济体系。

在这本书的第六章中,奈斯比特论述了社会主义和自由市场经济的发展趋势,他指出随着太平洋地区的崛起,东亚将成为21世纪的巨人。

令人没有想到的是,这位未来学家还关注到了石狮这个弹丸之地,并特意写道:

> 福建省厦门北面的沿海城市石狮镇有3万居民,基本上都有电视机和电冰箱,厦门的私营经济产量占工业产量的40%,在石狮则占82%。

其实,石狮的真正意义在于,既然石狮是中国最早突破计划经济走向市场经济的冰山探险队,那么在前进过程中也将注定承受其他人所无法体会的艰辛和幸福。

当1992年后整个中国都开始向市场经济万舟竞发的

时候，石狮也在第一时间碰撞到转型期的各种深层次矛盾。在石狮人用自己的激情和智慧提前 10 年进行了一场酣畅淋漓的试验后，随着一个激情时代的渐渐远去，他们注定要迎接一个理性时代所应有的挑战与考验。

更重要的是，以石狮的市场为核心，周边晋南乃至整个晋江地区已经形成了一个无法分割的经济板块，石狮不仅是这个板块的核心，也是当时闽南的经济核心。这一点或许出乎很多石狮人的意料，也是那个时候的人们所普遍无法察觉到的。

四、完善体制

- 吴大琨说:"我国实行公有制基础上的有计划的商品经济,把计划经济与市场经济结合起来,这在理论上和实践上都有重要的意义。"

- 吴大琨强调说:"社会主义的商品经济与资本主义的商品经济有本质的区别。"

组织召开商品经济研讨会

1985年3月中旬,广东青年社会科学工作者协会邀请部分青年经济科学工作者举行研讨会,联系在改革与开放中社会主义商品经济发展的新情况,讨论如何开展社会主义商品经济理论的研究问题。

随着我国经济体制改革的深入和社会主义商品经济的日益发展,社会主义商品经济理论已成为经济科学研究中一个重要的领域。怎样深入探讨社会主义商品经济理论,与会者提出以下10个问题:

一是从社会主义商品经济与资本主义商品经济的区别与联系中,研究社会主义商品经济存在和发展的条件。

二是运用静态和动态、定性和定量相结合的方法,研究社会主义商品经济体系的协调结构、运动过程、发展趋势及其基本运行规律。

三是研究社会主义商品经济中,生产、积累、消费的规律性以及三者的相互作用。

四是研究完善社会主义商品经济各种调节杠杆的途径和方法,总结我国财政金融管理方面的经验教训,为加快财政金融等各种调节机制体系的改革和完善提供理论依据。

五是研究社会主义商品经济的宏观控制和微观搞活、

市场调节机制和计划控制的协调结合问题，提出指导建立社会主义商品经济的科学的计划管理体制的理论。

六是研究我国社会主义商品经济在世界范围内的联系、竞争中谋求发展的规律和对策。

七是围绕社会主义商品经济的宏观和微观统一的效益问题，研究宏观和微观结构相统一的运营规律，以及商品的使用价值和价值在运动中有机地统一的规律。

八是研究社会主义商品经济体系中，科技、教育市场形成和发展的条件、特点和规律。

九是研究社会主义商品经济在科学技术进步作用下的价值关系和经济关系的新变化。

十是吸收控制论、系统论、信息论、耗散理论、协同理论等现代科学方法，完善经济研究的方法和手段，总结和研究现代西方经济学家关于商品经济的研究成果，吸收和借鉴其中科学的东西，为我国经济体制的改革、开放和社会主义商品经济的发展服务。

1986年3月29日，著名经济学家吴大琨教授在政协小组讨论会上说：

> 我国实行公有制基础上的有计划的商品经济，把计划经济与市场经济结合起来，这在理论上和实践上都有重要的意义。

这位70岁的政协委员说，当前，在新旧体制转换的过程中，人们思想上必须解决的一个关键问题是充分认识经济体制改革必须适应发展社会主义商品经济的要求。

吴大琨强调说：

> 这个规律至少有三个方面的内容：一是必须尽快改变已经落后了的生产关系，使之适应已经发展了的生产力；二是要发展商品经济，就必须充分重视价值规律，用价值规律来促进商品生产；三是我们的商品经济是建立在公有制基础上的有计划有控制的商品经济，它可以避免资本主义的剥削，使全体人民走共同富裕的道路。所以说，社会主义的商品经济与资本主义的商品经济有本质的区别。

吴大琨说，已故经济学家孙冶方的最大贡献是，提出了社会主义社会价值规律实际上就是社会化大生产的规律，因为人们总是要追求花费最小的劳动，获得最大的效益。

如果不讲价值规律，就无法讲究经济效益。吴大琨教授最后说，我们已经在有中国特色的社会主义道路上迈出了第一步，"七五"计划既符合马克思主义的普遍真理，又结合了我国的实际，因此，我们相信"七五"计划一定能实现。

"七五"计划促进商品经济发展

1986年3月31日,出席六届全国人大四次会议的代表当天继续分组审议"七五"计划草案。

江苏省代表团的储江、杨咏沂、何仁华、吴仁宝等代表在发言中谈到,"六五"期间成就突出,变化突出,最根本的原因是农村改革取得巨大成功,城市改革起步顺利,人们逐步明确了建立"公有制基础上的有计划的商品经济"的改革方向,开始找到了一条中国式的社会主义现代化建设的新路子。

大家认为,过去搞改革,许多人老在中央与地方分权和收权上兜圈子,力气花了不少,但收效甚微,根本原因是否认社会主义经济是商品经济,权力集中过多,统得过死。现在搞改革,从农业实行家庭联产承包责任制开始,到扩大工业和各类企业的自主权,使各类经济单位向相对独立的商品生产者和经营者方向发展,有效地调动了群众的劳动积极性,激发了社会主义商品经济的内在活力,这就在改革的中心环节上取得了突破,因而成效显著。

湖南省人大常委会主任焦林义代表在分组会上说:

在社会主义历史时期,特别是在像我们这

样一个经济不发达的社会主义国家，要实现生产的高度社会化和现代化，迅速发展社会生产力，不断改善人民的物质文化生活，就必须大力发展商品经济。但是，我们长期来实行的是产品经济，习惯于上面安排什么就生产什么。上面统得过死、管得过多，严重束缚了生产力的发展。"六五"期间这方面虽有改变，但总的说很多同志还不熟悉市场情况。"七五"期间，我们要进一步总结经验教训，坚决对不适应发展社会主义商品经济的思想观念和规章制度加以改革，学会运用商品经济规律的本领，为发展社会主义生产服务。

新疆维吾尔自治区党委书记宋汉良代表说：

经济体制改革的一项重要课题是坚决打破地区之间、部门之间、城乡之间的壁垒，促进经济的横向联系。新疆的矿产资源十分丰富，要把丰富的资源由尚待开发变成全面开发，把资源优势尽快变成经济优势，必须改革过去那种旧的经济体制，建立一种适应社会主义商品经济发展需要的新体制。目前条块分割的体制，将几个紧密联系的环节割裂成互不联系的几个部分，锣齐鼓不齐，不能很好地发挥整体效益。

因此，坚持改革，打破旧的经营管理模式势在必行。

河北代表团王林说：

改革是一场深刻的革命，过去人们习惯于旧的模式，对开放、搞活不习惯。比如物价，我们从来做的一套就是稳定物价，供给不足就发票证。现在物价放开了，市场供应搞活了，但大家仍然感到不习惯。形势好不好，改革成功不成功，不在于哪种商品涨了一点价，根本的标志要看生产是否发展了，物资是否丰富了。如果物价涨了一些，但生产确实发展了，物资确实丰富了，工资确实增加了，人民生活水平确实提高了，这就是改革成功的标志。现在大家都在关心市场，不但关心国内市场，而且关心国际市场。大家都在搞商品经济，力图弄懂价值规律，这不能不说是在我们中国土地上的一个巨大变化。

安徽省副省长孟富林代表说：

"六五"时期经济建设和经济改革方面的巨大成就，为实施"七五"计划打下了良好的基础。但是也应该看到，我们在前进道路上仍存在许多问题有待解决。仅以农民卖粮难来说，安徽实际上人均占有粮食的数量远没有达到世界先进水平。1983年安徽粮油商品率还不到40%。到处喊卖粮难，说明我们流通渠道不畅，深加工能力不足，各个经济环节不配套。我们的改革还不是尽善尽美的，我们于"六五"时期起步的经济工作三个战略转变还需要进一步深入、完善。只有这样，才能巩固和发展"六五"取得的大好形势。

四川省省长蒋民宽代表指出，"六五"期间实行的经济工作的三个战略转变，像一股活水，给经济工作带来了巨大的生机和活力。"七五"时期是我国经济发展战略和经济体制进一步由旧模式向新模式转换的关键时期，作为政府部门，一定要转变管理职能，调整好机构，转变作风，适应经济改革的需要，促进社会主义商品经济的发展。

黑龙江省甘南县音河乡兴十四村党支部书记傅华廷代表在发言中回顾了全村农民致富的过程。他说：

改革使这个村解放了生产力，生产开始向专业化、商品化、机械化方向转变。全村280多名劳动力都按专业化组织起来，85%的劳动力从事工业、林业、畜牧业、副业等生产经营。依靠多种经营，全村每年提取40万元公积金，用来改善农业生产条件。现在全村只有43名农业劳动力，种1万亩地，使用大小机械设备87台，从播种、灭草、耕作、运输到收割、脱粒都实现了机械化。

他还举例说：

全村去年一年为国家提供1.5万吨商品粮、500头商品猪、5000个商品鸡蛋，还有300吨奶粉、20万瓶沙果罐头等商品。全村大小人口750人，去年人均收入1670元，比"六五"第一年增长一倍半，比1976年增长了5倍。

傅华廷说，"七五"期间，我们要进一步加快全村经济向专业化、商品化、现代化转变。

推动建立商品经济基本框架

1987年10月25日，中国共产党第十三次全国代表大会在北京举行。

参加这次大会的正式代表1936人，特邀代表61人，代表着全国4600多万名党员。

此外，全国人大常委会党外副委员长、全国政协党外副主席、各民主党派、全国工商联负责人和无党派爱国民主人士、少数民族和宗教界人士96人列席了大会，并有400多名中外记者采访了大会。这些，在此前的历届代表大会上，均属首次。

自从党的十一届三中全会和党的十二大以来，9年时间，我国发生了深刻的变化。在党的十一届三中全会坚持四项基本原则和坚持改革开放的总方针的指引下，在拨乱反正的基础上，坚持以经济建设为中心，坚决而有步骤地进行全面改革和对外开放，在经济、政治、思想、文化、国防、外交等各个领域都取得了显著的成就。其中以经济建设尤为突出。

1986年同1978年相比，国民生产总值、工农业总产值、国家财政收入和城乡居民平均收入水平都大体翻了一番。过去的9年成为新中国成立以来经济发展最旺盛、国力增长最迅速、人民生活得到改善最多的时期。它开辟了新中国成立以来党的历史发展的新阶段。

1987年2月6日，邓小平等中央负责人谈了自己对十三大报告的设想：

> 十三大报告要在理论上阐述什么是社会主义，讲清楚我们的改革是不是社会主义。要申明四个坚持的必要，反对资产阶级自由化的必要，改革开放的必要，在理论上讲得更加明白。十三大报告应该是一篇好的著作。

根据邓小平讲话的精神，中央成立了一个由19人组成的十三大主题报告起草小组。

3月19日，起草小组给邓小平写了一封信，谈了对起草十三大报告的总的设计思想。

这个总的设计思想是党中央政治局根据邓小平的几次讲话的精神反复讨论之后定下来的。初步考虑，报告主要分7个部分。第四部分讲由此而来的发展社会主义商品经济的任务和我国经济体制改革的方向。

邓小平仔细地阅读了这封信，感到这个总体设想不错，便在信上写道：

> 这个设计好。

于是，十三大的主报告便按照这个总体设想加强起草。

主报告的初稿写成后，经过两次大的修改，然后，把报告稿发到中共中央政治局、中央书记处、各省市自治区党委、各部委党组、部队的各军兵种党委和社会科学界广泛征求意见。

9月30日，中央政治局讨论并原则通过了第五稿。以后又经过两次修改，到十三大开幕时，主报告已是报告稿的第七稿了。

1987年的国庆节过后，中共十三大代表陆续来到北京，住进京西宾馆等大会指定宾馆。代表们不是各地要员，就是各条战线的先进模范人物。

在会上，中央做了题为《沿着有中国特色的社会主义道路前进》的工作报告。

报告首先回顾了9年来经济建设的成绩。自党的十一届三中全会以来，党和国家牢牢把握住经济建设这个中心，使国民经济持续稳定增长。9年间国民生产总值，国家财政收入和城乡居民平均收入都大体上翻了一番。现在看来，到20世纪末实现十二大提出的经济发展目标，即全国工农业的总产值翻两番，由1980年的7100亿元增加到2000年的2.8万亿元左右，使人民生活达到小康水平是完全有把握的。

报告分别提出了发展经济战略、经济体制改革、政治体制改革、改革开放中的党的建设、坚持和发展马克思主义等诸方面的基本方针。此外，报告还规定了6个方面的长远性指导方针。

当时，形成的过分单一的所有制结构和僵化的经济体制，以及同这种经济体制相联系的权力过分集中的政治体制，严重束缚了生产力和社会主义商品经济的发展。

正因为基于这样的认识，党的十一届三中全会以后不久，党中央在总结历史经验的时候，便开始分析认清我国社会主义社会所处的历史阶段，从而分析以往发生失误的认识上的原因。

十三大的中心任务是加快和深化改革，逐步建立起有计划商品经济新体制的基本框架。

举行市场经济双月研讨会

1988年1月21日至23日,在广州郊区龙眼洞一所工人疗养院,举行第一次市场经济双月研讨会。

此次会议主要筹办单位是广州市经济社会发展研究中心。市委负责人邹梦兆致开幕词。

国务院发展研究中心李泊溪研究员代表马洪光临指导,在大会上发表学术讲话。

广州地区有70多位专家学者出席会议,提交第一次会议的论文37篇。此后,按原定计划,每逢双月举行一次研讨会,一直持续到1988年12月,共举行6次。

其实,早在党的十一届三中全会时,广东人就开始了对商品经济的探讨。

当时在广东省哲学社会科学研究所担任主任的卓炯曾在党的十一届三中全会上做了发言。朱慧强原来从事统计学的教学和研究工作,"四人帮"倒台后,从武汉调进华工从事政治经济学课程的教学工作。卓炯的发言,很自然地成为朱慧强在新形势下教学思想的主导部分。

1980年,朱慧强与华工几位同事参加了当年省委组织的大型经济调查活动。朱慧强与关其学、曾牧野同在外贸调查组。

在这一大型调研活动进入专题研讨和调查报告的撰

写阶段后，卓炯和孙儒曾专程参加外贸组的研讨会议。

卓炯的发言留给朱慧强印象最深的，并且现在仍然明晰的思想是：外贸不是"互通有无"或"调剂余缺"的国际主义行为，而是跨越国境的商品交换；外贸活动不是外贸部门的孤立行为而是反映国民经济结构和管理水平的综合性经济活动；外贸要重视价值规律和经济效益。

1983年9月，广东物资经济学会在江门冈州宾馆召开成立大会，并举行第一次科学讨论会。卓炯参加了这次会议，为了照顾他的身体，会务组分配朱慧强和他同住一间房。

有一个夜晚，朱慧强与卓炯交谈到很晚，向他请教的内容也很多。特别是在生产与流通的关系、钢铁与煤炭是商品还是仅有外壳、物资流通对生产和消费的作用、物资的跨国贸易等方面，谈得很融洽。

对于当时社会上相当多同志仅承认存在生产资料的计划分配和调拨，不承认生产资料的流通，需要做更多的引导和说服工作方面，两人想法相当一致。

后来，朱慧强回忆这些往事，仍然对卓炯高尚的人格和勇于探索的学术精神充满深深的敬意：

卓炯同志留给我最深刻的印象是：

第一，论年龄和经历，他是我的长辈，论学术造诣，他是我的老师，但他平易近人，乐于亲近群众，乐于与别人探讨学术问题。有不同的看法时，他善于以理服人而不是以"势"压人。

第二，坦率朴实，谈问题开门见山，实事求是，没有什么转弯抹角。

第三，学术上很有毅力，敢于坚持真理。

……

自从20世纪80年代广东人经由香港全面触及现代发达国家的思想观念开始，到当年广东对于市场经济理念的率先接受，再到广东对于单一所有制形式的彻底突破，广东人首先在观念上接受现代化基础性理念——市场经济的整体理念。

一个现代意义上的国家，就是一个在市场经济观念上领先的国家，广东在这方面为中国进入一个经济健康发展的市场经济国家提供了有效的精神食粮。也正是从这个角度看，卓炯对于"商品经济必将万古长青"的坚信，值得后人永远铭记。

与此同时，卓炯逝世一年后的广东学术界展开了一场"市场经济大讨论"。

曾牧野，著名经济学家，1928年出生于广东揭阳。改革开放初期，曾牧野高度评价、鼎力支持卓炯的社会主义商品经济理论；1988年年初，他公开撰文论述改革的目标模式是社会主义市场经济，并组织、主持了1988

年广东经济学界的"市场经济大讨论",在全国学术界产生强烈的反响。

关于1988年那场市场经济大讨论的背景,后来,曾牧野在接受记者采访时指出:

> 我认为对于"社会主义市场经济"这个提法、创举,要有正确的认识。在社会主义条件下实行市场经济新体制,是我们国家经济体制的根本转换,是我国社会基本经济制度的深刻变革,是马克思主义发展史上"破天荒"的创举。因此,1988年广东经济学界展开的那场市场经济大讨论,无疑是带有重大历史意义的理论创新活动。

在后来的1992年10月,党的十四大确定了我国经济体制改革的目标模式是社会主义市场经济。

1993年1月,广东省人大常委会主任林若在省委宣传部、省委组织部等单位联合举行的"珠江三角洲的实践与中国特色社会主义道路"理论研讨会上发表重要讲话,充分肯定了广东理论界14年来为贯彻党的基本路线、推进改革开放事业所作出的贡献。

至此,1988年这场关系改革事业的大是大非的论争,终于画上了圆满的句号。

全国掀起发展商品经济热潮

在商品经济理论争论尘埃落定之际,在全国商品经济大潮的冲击下,全国各省市迅速行动起来,掀起了发展商品经济的高潮。

安徽省地处内陆,他们决心用沿海先进地区的商品经济意识,撞击本省故步自封的小农经济思想,把"误了点"的安徽经济真正挂到长江三角洲的国内经济大循环和世界经济大循环的列车之上。

1988年,从广东、福建学习考察20多天回来的安徽省委书记李贵鲜,就以饱满的热情,在省直机关干部大会上亮出了安徽省委这一不甘落后的决心。与会人员对此反应热烈:"安徽的小农思想已到了非撞击不可的时候了!"

过去安徽也多次派人到沿海地区学习,但由于能决策的人去得很少,故而收效不大。这次学习有三大特点:一是省委、省政府、省纪委均有主要负责人参加;二是全方位地学习沿海的商品经济思想;三是学习回来之后,首先在省委、省顾委、省人大、省政府、省政协、省纪委主要负责人中做了"看粤闽,比安徽"的深刻反思,取得了"安徽再也不能安于现状"的统一认识。

为此,省委针对安徽经济已经落入华东"锅底"的现状，决心破除三种旧思想，转换一个新思维，分类指导7个经济区。

一是痛下决心破除躺在以往成绩上睡大觉、人家条件好难学到、怕在外引内联中吃亏和当"殖民地"的3种小农经济思想。在观念上搞了一个不留情面的彻底转变。真正把全省干部，特别是高、中级干部的精力，集中到深化改革、发展生产力和搞好开放型经济上来。

二是动员全省5000多万名人民，开展"远学粤闽，近学江浙"的大讨论，真正由产品经济的习惯思维转换为商品经济的时代思维，突破"三就地"，即就地取材、加工、销售的老经济模式，跨入国内、国际大市场。

三是为克服过去参观学习一再出现的"雷声大，雨点小"的老毛病，省政府将全省划分为长江、皖东和皖东南、皖南和黄山、皖北、皖西、皖中、大别山和沿淮7个不同类型的经济区，加以分类指导。除了下决心抓紧农业生产以外，特别加快芜湖、安庆、马鞍山、铜陵沿江4市和黄山市的内外贸港口、机场和仓储等设施建设，形成自己的创汇基地。发挥这些地方对外开放、出口创汇的作用。同时运用好皖东和皖东南面对沿海的有利条件，发挥这些地区东引人才、技术，西进原料、材料，南北交流软件、硬件的"二传手"作用。

这一决策，省委向省七届人大一次会议和省政协六届委员会做了通报，获得代表和委员们的热烈赞同。

云南地处西南边陲，他们也不再满足于低水平的年年进步了。

山多路远不能成为阻碍改革开放的借口，关起门来搞封闭型生产是云南建设的大敌，要向沿海地区学习，发展外向型开放型商品经济，争取和内地同步进入现代化建设。这是云南省地、州、市和县委书记们集中半个月，联系云南实际学习"十三大"文件后得出的一致看法。

参加学习、讨论的同志，以"生产力标准"评判云南工作的成败得失，深感边疆建设的落后局面非改变不可。

云南是少数民族聚居，山地占总面积94%的边疆省，各地区间的发展极不平衡，1980年以来全省经济虽然翻了番，因为基数低，1987年人均工农业总产值655元，低于全国平均水平，还有300多万人的温饱没有解决。关键就是商品经济不发达。

省委提出，破除生怕"肥水流入外人田"的封闭观念，进一步敞开云南大门，面向省外国外两个市场，积极发展云南的大宗骨干商品如卷烟、有色金属、糖、茶、反季节蔬菜和热带水果等，加快水利电力资源的开发。

省委提出实现云南经济工作指导思想的三个转变，由自然半自然经济观念转变到商品经济的观念上来，变封闭的内向型经济观念为开放的外向型观念，由粗放经营的观念转变到靠科学进步发展生产的观念上来。

省委提出用商品经济改变"富饶的贫困"。全国处于社会主义初级阶段，边疆在初级阶段的起点就更低，决定了云南发展生产力需要采用多种多样的形式，要承认和允许一切有利于生产力发展的形式。

在学习讨论的基础上，云南省委拟定了 1988 年大力发展商品经济的工作要点。

依靠出售商品粮一跃为全国第二位的湖北省，在农业上如何再上新台阶呢？

省委提出了"依靠科技进步，让成千上万农民冲破封闭、脆弱的自然经济格局，摆脱'左手一只鸡，右手一只鸭'的传统观念，大步走上商品经济舞台"的战略。

为了让农民尽早插上科技的翅膀，摆脱贫困的缠扰，湖北省采取多种形式，对农民进行大规模的技术培训。

1987 年，全省 200 多万名农民接受了科学技术培训，其中，有 100 多万名农民掌握了一至两门农业实用技术，不少人成了生产能手，走上了科学致富的道路。

对成千上万的农民进行实用技术培训，既提高了他们的科技水平，又造就了一大批乡土人才。

崛起在水乡山寨的 3100 多个农村专业技术研究会，不仅网罗了全省 1400 多个专业、7 万多个科技示范户和专业户，而且，凝聚了当地一批田秀才、鱼博士、鸭司令、养猪状元、蘑菇能手等。他们背靠大专院校、科研单位、国家为农业服务的专业机构，面向千家万户，普及推广农村实用科学技术。

据科技部门对 7 万户科技示范户统计，他们人均纯收入都超过本乡平均水平的60%以上。

湖北省还用竞赛办法,把农民技术培训工作办得有声有色。农民只要自愿交一定数额的资金,就可获得参赛资格。主管单位从技术指导、资料、培训质量等方面给以保证。

湖北省这种推广农用新技术成果的办法,较好解决了推广科技新成果靠政府部门贴钱的问题。

据了解,1987年湖北省对农民推广科研成果达3000多项,经济效益超亿元的项目就有7个。

湖北省依靠科技进步,真正让广大人民群众走上了商品经济的舞台。

为此,在1988年3月10日闭幕的全国科技工作会议上,讨论了当时和今后几年我国科技工作的主要任务。

代表们普遍认为,大力发展以科技进步为支柱的商品经济,关系着民族振兴和现代化建设的前途。

本书主要参考资料

《共和国五十年珍贵档案》 中央档案馆编 中国档案出版社

《共和国要事珍闻》 郑毅 李冬梅 李梦主编 吉林文史出版社

《中国大决策纪实》 黄也平主编 光明日报出版社

《中国改革开放史》 程思远著 红旗出版社

《石破天惊》 张湛彬著 中国经济出版社

《中国经济改革30年》 王佳宁著 重庆大学出版社

《邓小平传奇》 裘之倬著 广东人民出版社

《转折：亲历中国改革开放》 吴思 李晨著 新华出版社

《中国改革第一人——邓小平》 卫炜 王骏 李乾元 董武著 山西人民出版社

《中南海三代领导集体与共和国经济实录》 王瑞璞主编 中国经济出版社

《中南海三代领导集体与共和国军事实录》 蒋建农主编 中国经济出版社